遺跡発掘師は笑わない

榛名山の眠れる神

桑原水菜

角川文庫
23298

遺跡発掘師は笑わない

榛名山の眠れる神

The sleeping god of Mt.Haruna

主な登場人物

西原無量　天才的な「宝物発掘師（トレジャー・ディガー）」。亀石発掘派遣事務所に所属。
相良忍　亀石発掘派遣事務所で働く、無量の幼なじみ。元文化庁の職員。
永倉萌絵　忍の同僚。特技は中国語とカンフー。

千波ミゲル　長崎・島原の発掘員で無量たちとは旧知の仲。萌絵に気がある。
犬飼さくら　新たにカメケンに入った山形の発掘員。あだ名は「宝物発掘ガール（トレジャー・ディガール）」。

棟方達雄　群馬・渋川の発掘会社棟方組の社長。マッチョな元走り屋。
新田清香　棟方組の社員。白いスポーツカーを乗りこなす。
藤沢武尊　古武術・榛明流の師範代にして、幕末の農兵部隊「強心隊」の子孫。
高屋敷史哉　「榛名山の神」と呼ばれた伝説の走り屋。レース中の事故で脚を失う。
高屋敷乙哉　史哉の弟で元プロレーサー。棟方組とは相容れない存在。

降旗拓実　宮内庁書陵部図書課の職員。手には白手袋をはめている。

前巻のあらすじ

学術調査の依頼を受けたカメケン一行は、群馬県渋川市、榛名山の麓の藤野田遺跡に赴いた。六世紀に榛名山の噴火によって埋まった集落遺構からは徳川埋蔵金と思しき千両箱が出土。中には古墳時代の埴輪と「七鈴鏡」が入っていた。一同は色めき立つが、無量は遺物を前にしても全く反応を見せない自分の右手に、強い不安を覚える。

萌絵は、発掘現場の土地にかつて住んでいた「左文字」家の縁戚を訪ね、江戸時代に「石原庚申塚」の埴輪と鏡が行方不明になったという情報を入手。萌絵から連絡を受けた忍は、無量と一緒に石原庚申塚へ向かうが、そこで杖術を使う暴漢に襲われる。窮地を救ってくれたのは『迦葉山の天狗』を名乗る、赤い天狗面の人物だった。赤天狗は「千両箱を開けると榛名山が噴火する」と不気味な忠告を残し、竹筒を残し去る。筒の中には江戸時代の瓦版が。そこに描かれていたのは、天明泥流で流され江戸で見つかった埴輪と鏡。しかし鏡は、周囲に九つの鈴がついた「九鈴鏡」だった。

調査の最中、千両箱が盗まれる。一同は手分けして探すも、忍が盗難にかかわった疑いで警察に連れていかれてしまう。そして無量のスマホには「強心隊」を名乗る男から「永倉萌絵を返してほしければ、九鈴鏡を用意しろ」という不審な電話があった。〈鬼の手〉を失った無量は、一体どうする——？

第一章　強心隊の密命

その者たちは「強心隊」と名乗った。

萌絵がいる場所は群馬県の北部県境にある村だ。片品村という。

鎌田の辻という「日光に至る道」と「会津に至る道」の分岐点がある山間の村は、広大な湿地帯で有名な尾瀬の入口として知られている。東の金精峠を越えれば、向こう側は日光だ。

ひなびた山村の風景が広がり、かつては養蚕農家だったらしい大きな古民家が点在する。

萌絵をそこにつれてきたのは「藤沢双葉」と名乗る女性だった。

出会ったのは沼田城址だった。

萌絵を襲った「武尊と戸倉」という二人の男が逃げた後のこと。

乱闘中にどちらかが落としたスマホを警察に持ち込むつもりだった。そこに彼女が現れた。

——棟方組の方ですか？

萌絵よりも少し年下に見えた。まだ学生と言っても通じる。

見知らぬ人間から棟方組の名を出されて警戒した萌絵に、彼女は深々と頭を下げた。

——……千両箱を盗んだ者の身内です。このたびは大変申し訳ありませんでした。

藤沢双葉はついさっき、萌絵に「九鈴鏡はどこだ」と迫った男の、双子の妹だという。

謝罪した双葉は、思いがけないことを申し出た。

——千両箱はお返しします。だから兄を見逃してください。

これには萌絵も困惑した。双葉は言った。

千両箱の蓋は開けてしまったが、中身には一切手を付けておらず、そのままにしてある。出土した遺物はそのままでは劣化してしまうこともある、とテレビの報道で知った。そうなっては取り返しがつかないから、兄には内緒で返したい、と。

返してもらえるのは願ってもないことだ。蓋を一度でも開けたとなると、内容物の劣化が心配だ。青銅鏡と金銅の冠は、空気に触れると急速に酸化が進む。すぐにでも専門の施設に持ち込みたい。

だが、それと「窃盗」の罪を見逃すことは話が別だ。警察に行ってくれ、と萌絵は説得したのだが、双葉はどうしても兄をかばいたいようで、

——見逃してもらえるなら、今から千両箱のある場所に案内します。

出土遺物の劣化は時間との勝負だ。取り返しがつかなくなることもある。

罪を見逃すのは承服しかねるが、優先順位は無視できない。萌絵は仕方なく、応じた。助手席に双葉を乗せて、千両箱のある場所へと向かった。場所を知られたくない双葉は、スマホの電源を切ることも、案内する条件とした。

国道を北上し、四十分ほど。

集落から離れたところにある小さな峠の一軒家だった。周りを畑に囲まれた青いトタン屋根の古民家だ。八重樫(やえがし)家も元養蚕農家だったが、こちらには越屋根がない。古い木枠のガラス戸はいかにも味わいがあり、昔ながらの縁側はネコが昼寝するのにちょうどよさそうだ。

表札には「戸倉」とある。沼田城址でやりあった背の高いほうの苗字(みょうじ)だ。

千両箱は土蔵にしまってあるという。

——兄たちは今日はここには戻らないはずなので、帰ってくる前に早く。

棟方組のトラックは見当たらない。どこかで載せ替えたか。

立派な土蔵だ。あれ？　と萌絵は思った。

見たことがある、あの家紋……。

八重樫家と同じだ。大きな丸の周りを小さな丸が囲んでいる。

そういえば、ここにくる途中の家々の土蔵にも同じ家紋が入っていた。小さな丸の数を数えると九つある。九曜紋？　いや、ちがう。真ん中の丸を数に入れるから、十曜紋だ。

蔵の鍵を開けると、確かにそこには千両箱があった。まちがいない。無量たちが発掘していた藤野田遺跡から出た、あの千両箱だ。

輸送用の梱包はとられている。箱には大きな傷がついている。

錠前も壊され、無理にこじ開けたためか、箱板が割れてしまっていた。

とにかく車に載せようとしたが、重い。内容物より箱そのものが、重い。女ふたりで動かせる重さではない。やはり通報を、と双葉を説得していたときだった。

――そこで何をしてる、双葉。

想定外だった。

兄が帰ってきた。沼田城址で萌絵と闘った「杖術使いの若者」だ。

結局、千両箱の持ち出しには失敗してしまった。

その若者は「藤沢武尊」と名乗った。

マスクをとって素顔を晒すと、顔立ちが双葉とよく似ている。童顔のアイドル顔で、古武術などよりヒップホップでも踊っているほうがサマになりそうな若者だ。

武尊は意外なことに萌絵を丁重にもてなした。

双葉に何か言い含められたのか。それとも方針転換か。

但し、外と連絡がとれないよう、スマホと車の鍵は預けさせられた。拾ったスマホも返す羽目になってしまった。

食卓に並ぶのは山菜料理だ。背の高い年上のほうの男は、戸倉遼一（りょういち）。なかなかの料理の腕前で、タラの芽の天ぷらやぜんまいの煮付けなど大皿がいくつも並んだ。

つい数時間前、沼田城でやりあった敵とは思えない。

箸（はし）をつける気分になれない萌絵に「毒など入ってないから」と勧めてくる。隣には双葉もいて「どうぞ」と言う。実は腹も鳴っている。

開き直り、山菜料理に手をつけたが、これが驚くほど旨（うま）い。思わず食が進んでしまい、うどんのおかわりまでしてしまった。

人心地ついた後で、奥之間なるところに連れてこられた。

三十畳はありそうな板敷きの部屋だ。中央には神棚があり、左右に「武尊大明神」「榛名（はるな）大明神」という掛け軸がかかっている。

壁には「杖（じょう）」「棒」「竹刀」といった得物がかけられている。

武芸の道場だ。

萌絵と向き合うように正座した彼らは、沼田城での非礼なふるまいを丁重に謝罪した。

そして打ち明けたのだ。

自分たちの正体を。

「強心隊……？」

そうだ、と答えたのは、双葉の兄・藤沢武尊（ほたか）だ。

「幕末。高崎藩主・松平右京亮様によって結成された農兵部隊だ」

「幕末の、農兵？」

出所が意外すぎて、目の前の若者とにわかに結びつかなかった。

農兵とは幕末騒乱の頃に各地で組織され、動員された「軍事訓練を受けた百姓」たちのことだ。

「江戸時代の終わり頃は、政情不安定で、この関東一円では博徒やならず者が村や宿場に押し入ったりして、どこも物騒でした」

敬語で説明するのは、先ほど山菜料理を振る舞ってくれた戸倉だった。

「そこで百姓たちも武芸を嗜んで、自分たちの村を守っていたんです」

武芸の稽古は各地の村で流行し、幕府がこれを危ぶんで禁止令を出したくらいだ。

「この古武術道場は、元々は高崎の城下にあった。榛明流、と言う。門下生は武士の子弟が中心だったが、師範や師範代が上州各地に赴いて、村の名主の家で出稽古を行ったため、百姓の間にも広まり、盛況となった」

幕末ともなると、武士ではない人々も武芸を身につけるのが嗜みだったのだ。

「榛明流……。それがあなたがたの古武術の流派ですか」

藤沢武尊は榛明流の若き師範代だった。

今は門弟も二十人ほどしかいない。

上州はもともと博徒の多い土地柄だった。街道沿いでは流れ者たちが周辺の村で悪さをしでかすことも多く、ならず者が村に押し入った時は、自分たちの力で捕らえ、解決しなければならなかったのだ。村人の武装は、村の治安維持に必要不可欠だった。

榛明流が杖術や棒術を多用するのは、帯刀しない百姓でも扱える実戦のための武術だったからだ。

「そういう百姓が取り立てられて、農兵になった。有名な長州の奇兵隊などもそうだな。新撰組の副長・土方も多摩の百姓だった。あっちは天然理心流だが、武州は他にさきがけて農兵を取り立てた地でもある。我々強心隊も、農兵で結成された歩兵部隊だった」

高崎藩が農兵を集め、最新の西洋式軍隊を作ろうとしたきっかけは、幕末の下仁田戦争だった。

尊皇攘夷の急進派だった水戸の天狗党が、京に向かうために上州へと進撃してきた。幕府から「天狗党の上洛を阻止せよ」と命じられた藩のひとつが、高崎藩だったのだ。

「だが、高崎藩は下仁田戦争に敗れた。装備があまりに古すぎたんだ」

戦国時代のような鎧に火縄銃では、太刀打ちできなかった。その反省から軍備の近代化を試みた高崎藩は、藩兵をフランス式軍隊となし、新たに農兵を募ったのだ。

こうして結成されたのが強心隊だった。

榛明流を会得した農民も多く参加した。道場の呼びかけがあったおかげで、高崎藩内のみならず、遠方の村からも志願者が集まったほどだ。

「慶応四年。結成間もない強心隊は、旧幕府軍との戦いに投入された」

萌絵は意外だと感じた。

「高崎藩のお殿様は、松平……ですよね。徳川の親族なのに官軍についたんですか」

「官軍は西から碓氷峠を越えて上州に入ってきたんだが、とても好戦的で、抵抗するのは現実的でないと判断したんだろう。藩主・右京亮様は恭順の意を示し、この上州での戦争を避ける道を選んだんだ」

だが、ここは会津との国境だった。

会津藩と越後長岡藩をはじめ、東北の諸藩は徹底抗戦を唱えていた。

「いまはこのとおり、穏やかでひなびた山村だが、ここも官軍と会津の最前線になった。会津藩は、尾瀬沼に陣を張ったそうだ」

いまは広大な湿原に木道が敷かれ、ハイカーで賑わう自然豊かな景勝の地だ。そんなところに戦陣を張ったとは今では信じられないが、そこには会津と沼田を結ぶ街道があった。当時の戦は街道などの狭所における局地戦で、官軍の陣は戸倉という集落付近に置かれ、戦地となったのだ。

「強心隊の皆さんが戊辰戦争にも参加したのはわかりました。……でも、それがあの箱の遺物とどういう関わりがあるんですか」

萌絵が苛立ちをこめて問いかけると、武尊は戸倉と一度、視線を交わした。

「我々、榛明流の門弟たちに右京亮様から藩命が下ったのだ」

「藩命とは？」

「小栗上野介が江戸から持ち込んだ九鈴鏡を手に入れよ、と」

萌絵は「あっ」と思った。幕府最後の勘定奉行、小栗上野介忠順。

あの徳川埋蔵金伝説のキーマンではないか！

幕府の要職を罷免された後は、政から手を引いて、榛名山麓の権田村に隠棲することになった小栗は、だが、ほんの二ヶ月後には官軍に捕らえられ、処刑されている。

一連の捕縛・処刑を執り行ったのは、官軍に恭順した高崎藩だった。

「九鈴鏡は小栗の遺品の中にあるはずだった。小栗がいた東善寺を捜索したが、見つからなかった。どうやら小栗のもとに出入りしていた地元の人間によって持ち出され、隠されたようだった」

「まさか……それを実行したのが」

「左文字の先祖だ。渋川郷石原村の左文字。かつて九鈴鏡を祀っていた巌穂神社の氏子で、小栗の弟子志望者だった」

萌絵は八重樫の先祖を思い出した。地元の若者たちとともに小栗上野介を襲撃したが失敗し、過ちに気づいて、上野介らが開いた塾で学ぼうと権田村まで通ったという。

左文字もそのひとりだったのか。

左文字の屋敷跡から出土した千両箱。武尊たちはＳＮＳで埋蔵金騒動を知り、それこそが「藩命の箱」ではないかと疑って、動き出したという。

だが、そもそも武尊たちは幕末の人間ではない。高崎藩すらもう存在しない今、藩命などとうに無効のはず。

誰のために手に入れようというのか。手に入れてどうしようというのか。

「例の〝厳穂碑〟のためですか」

萌絵が問い詰めると、藤沢武尊は苦々しいような顔つきになった。

「……高崎藩のお殿様が『九鈴鏡を捜せ』と命じたのは〝厳穂碑〟を解読するためなんですよね。その碑とは、何なんですか？」

――そっちこそ左文字とグルになって〝厳穂碑の碑文〟のことを嗅ぎ回っていたくせに。だがおまえらには絶対、解読なんかさせない。させてたまるか。

武尊はちらりと戸倉を見たが、戸倉は首を横に振った。萌絵が本当に知らないのだということは伝わったはずだが、だとしたらなおさら第三者には言えないことなのか。武尊は〝厳穂碑〟の正体については固く口を閉ざした。

「……ひとつだけ言えることは、これを達成するまで強心隊の幕末は終わらない、ということだ」

正座して向き合う武尊が、まるで現代の装束に身を包んだ幕末の若武者のように見えてきた。

「左文字の土地から千両箱が出土した、と知って、その中にこそ九鈴鏡があると思っていた。だが、入っていたのは似ても似つかない七鈴鏡だった」

そこで頼みがある、と武尊は言った。

「左文字にかけあってくれないか」

「かけあうって、私が？　ですか」

「九鈴鏡の在処(ありか)がどうしても知りたい」

頼む、と頭を下げる。

萌絵は困った。

「でも『左文字』にはもう跡継ぎはいないと聞いています」

「先祖供養をしている元嫁がいたはずだ。大迫(おおさこ)みどりという」

どきっとした。そこまで突き止めていたのか。

「先日、大迫家に残したメッセージに応じて、我々の前に現れた人物がいた。赤い天狗の面をかぶる女だ」

武尊たちはそれが「大迫みどり」かと思ったが、すでに高齢のはず。つまり、みどり以外に「左文字」がいる。彼らが言う「左文字」はそのひとのことらしい。

迦葉山(かしょうざん)の天狗面だ、と萌絵はすぐに察した。

新田(にった)綾香(あやか)のことだ。

「あの赤天狗の女と直接話をつけるはずだったが、邪魔が入って結局逃げられた。すぐに後を追ったが、運転の腕が物凄(ものすご)く、榛名山でまかれた」

もう、まちがいない。綾香は峠最速の腕の持ち主だ。

「あの女を捜して、聞き出して欲しい。九鈴鏡(くれいきょう)は今どこにあるのか」

「私に交渉人になれ、というんですか」

「完遂できれば、あの千両箱はすみやかに返却する」

萌絵は押し黙った。

「協力できない、と答えたら？」

「千両箱を中身ごと焼却する」

それは困る。

彼らにとっては自分たちを混乱させた「いまいましい埋納品」でも、こちらにとってはまぎれもなく「発掘調査の出土遺物」だ。言葉は丁寧だが、中身は脅しだ。応じてたまるか、と啖呵が喉まで出かかったが、萌絵は呑み込んだ。ここでキレては台無しだ。落ち着け私、と。

最優先なのは、千両箱を守ることだ。

眼光鋭い男たちだ。萌絵はなぜかその時、新撰組局長・近藤勇の乾板写真が頭に浮かんだ。口を一文字にしてこちらを睨んでいる。口調は丁寧でも油断できない。沼田城でも実力行使に及んだし、無量たちも襲っている。あの黒いＧＴ－Ｒも仲間だとすると、「強心隊」の本質というのは今も「武装集団」なのかもしれない。極力刺激しないことだ。

「……赤天狗を捜せばいいんですね」

ただし、と萌絵は口を開き、

「千両箱は、長く土中にあった木製品です。多量の水分を含んで強度が低下した状態にあります。水に浸けたりして土の中と同じ状態を保っておかないと、木材から水分が抜けた途端、急速に脆くなってしまいます。本来なら、水分の代わりに薬剤を染みこませて強度を保つんですが、それは専門家のもとでしかできません。針葉樹などで作られる千両箱のようなものは比較的劣化しづらいはずですが、南蛮鉄の酸化の問題もあり、放置しておくのは心配です。専門家の指示に従って応急処置を施して保存を徹底する、と約束してくれるなら」

早口でたたみかけられ、武尊は戸倉と顔を見合わせた。

「外部に知らされては困る」

「事件とは無関係な専門家にメールで訊ねる方法ならどうですか。私が口頭で文面を伝えますから、あなたがたが打ち込んで送信すれば、チェックもできて問題ないはず」

萌絵は絶対に譲らない。武尊たちも折れたのか。

いいだろう、と答えた。

「それで手を打とう。交渉成立だ」

＊

よりにもよって、なんで、こんな時に。

それが無量の本音だった。

〝強心隊〟を名乗る男からの要求に、無量の動揺は半端なかった。

――永倉萌絵くんを無事に家まで帰したければ、九鈴鏡を用意してくれ。

――君のその右手で。

なぜ、自分の「右手で」なのか。

もう〈鬼の手〉はあてにできないのに。

新田綾香が経営するイタリアンパスタ屋は急遽、閉店時間を早め、そこからは「対〝強心隊〟緊急対策本部」と化した。

萌絵とは連絡がつかない。

こんな時に真っ先に「対策本部長」となって指揮をとるべき相良忍は、トラック窃盗事件の事情聴取という名目で、県警に任意同行させられてしまった。

そもそも千両箱とは無関係の忍がなぜ警察につれていかれなければならないのか。無量はまったく腑に落ちない。頭に血が上ったミゲルが今にも県警に押しかけていきかけるのを、新田清香が止めた。

警察には言うな、と〝強心隊〟から釘を刺されている。それでも通報するか否かは、萌絵の置かれた状況次第だったが、萌絵のスマホは電話をかけても「圏外もしくは電源が入っていない」と繰り返すばかりで、LINEも既読がつかない。

混乱しているところに、たまたまワインを飲みに来たアルベルトが現れた。事情を聞いたアルベルトは憤慨した。

「榛名山を噴火させるつもりなんだろ？　テロリストだよ！　すぐにケーサツに……コーアンに通報するべきだ！」

「んだども、下手に通報して萌絵さんの身になんかあっだら、どうすんべ」

少し前に合流していたさくらが言った。心配はもっともだ。だが、相手は萌絵だ。黙ってやられるような萌絵ではないし、よほどの怪我を負ったのでなければ、相手を倒して自力で脱出するくらいは朝飯前だろう。何か考えがあって要求に従ったのではないか。そう思えるくらいには無量は萌絵を信頼している。

それより問題は……、と新田母娘(おやこ)を見た。

さっきの電話の主が誰なのか。

ふたりは、やはり何か知っているようだった。

「……永倉は昼間、沼田城で、庚申塚(こうしんづか)古墳で俺たちを襲ったのと同じ連中に襲われたようです。その時は追い払ったようですけど」

無量はふたりに問いかけた。

「さっき電話をかけてきた〝強心隊〟を名乗る男も、そいつらでしょうか。それとも……」

「別の人間だと思う」

即答したのは娘の清香だった。声の主に心当たりがあるらしい。

もしかして、とミゲルが訊ねた。

「前にコンビニで新田さんと揉めよった男っすか」

清香は言い当てられて驚いた。

「どうしてそう思ったの」

「いや。あん時、相手ん男は高そうなセダンば乗りよったとに、新田さんが『走り屋崩れ』なんて言いよったけん。黒いGT－Rのドライバーもあいつなんすよね？」

清香は母親のほうを不安そうに見やった。

新田綾香は腹を括ったようだった。

「……仰る通りです。おそらくさっきの電話の男が、黒いGT－Rで西原さんや棟方組のみんなをあおった人物に間違いないでしょう」

無量たちは「やはり」というように互いを見た。

「つまり、黒いGT－Rの男が〝強心隊〟なんすか？」

「ええ、たぶん」

「綾香さんはその男と面識があったんすか。この騒ぎが起こる前から」

はい、と低い声で綾香は答えた。

「名前は……高屋敷」

綾香は一度、嚙みしめるように言葉を句切り、

「高屋敷乙哉。強心隊隊士の、子孫です」

無量は「まさか」と呟いた。高屋敷というのは、あの伝説の走り屋のことではないか。今からおよそ三十年前、棟方とともに公道レースでタッグを組んであちらこちらの峠で最速レコードを残したという。

「あの高屋敷さんですか。〝榛名山の神〟って呼ばれてた」

「高屋敷を知ってるの？」

「越智さんから聞きました。昔、棟方さんとの卒業レースで事故を起こして、プロレーサーになれなかった人ですよね」

綾香の表情が目に見えて曇った。元恋人でもあった男だ。

「あのアオリ運転のドライバーは〝榛名山の神〟だったっていうんですか」

いいえ、と綾香は首を横に振った。

「〝榛名山の神〟と呼ばれていたほうの高屋敷は、今はもう運転はしていないはず。していたとしても足を使わない手動運転だと思うので、もうかつてのような走りはできないと思います」

「なら、いったい」

「弟のほうです。高屋敷乙哉。昔、〝榛名山の神〟と呼ばれた高屋敷史哉の、弟です」

無量は越智亘の言葉を思い出した。高屋敷にはプロレーサーになった弟がいるという。

プロになるほどの腕前なら、百戦錬磨の越智兄弟を峠道で追い込んだとしても不思議ではない。

「じゃあ、清香（さやか）さんとコンビニで揉めてたっていうのも」

「弟のほうです」

綾香が答えた。

「実は数年前、高崎に帰ってきた乙哉くんとたまたま再会したんです。偶然うちの店に立ち寄ったのがきっかけで。二十年ぶりでした。その後も常連になってくれて」

――懐かしい１８０ＳＸ（ワンエイティ）が駐（と）まってるなと思ったら、まさか綾ちゃんのお店だったなんて。

昔話に花が咲いた。今はレーサーをやめてクルマ用品店の社長になったという高屋敷乙哉には、新田家の愛車も何度か部品調達してもらったという。もちろん清香とも面識があった。

ただ清香のほうは乙哉のことがあまり好きではなかった。高い新車ばかりを乗り回し、そのスペックを誇らしげに語る乙哉は、旧車を愛してやまない棟方組の人々とは正反対で、鼻につく自慢話も鬱陶（うっとう）しいだけだった。

「でも、高屋敷兄弟が強心隊の子孫だったなんて……、そんな偶然あるもんすか」

「偶然というのか、そもそも私が兄の史哉と親しくなったのは、彼の先祖が強心隊だったからなの」

当時、綾香は短大生だった。週末毎に峠に通う傍ら、短大では国史を専攻していた。

母親みどりから「左文字」の家の話をすでに聞いていたので、天明泥流と九鈴鏡の調査をし、あの瓦版も自力で手に入れた。強心隊にも関心を持ち、実態を調べて卒論のテーマにしていた。

ある日、峠のバトルで知り合った高屋敷史哉に、たまたま話をしたのだ。すると、

――うちのご先祖が隊士だったたって話、聞いたことあるよ。

高屋敷家には当時の隊服や刀も残っていると聞き、さっそくそれを見せてもらうため、自宅を訪れたのが、交際のきっかけになったのだ。

「でも、史哉は九鈴鏡の話など知らなかったし、まして左文字が隠したそれを強心隊が狙っていたことなど、何も伝わっていないようでした」

一方、左文字家の人々は、昭和に至るまで強心隊を警戒していた。

〝もし強心隊の者が来ても地中に埋めたアズマテラスの御神体は決して渡してはなりません。彼らは御神体に刻まれた「神を怒らせる祝詞」を捜して、山を噴火させようとしている〟

「……それも杞憂だったのかもしれない。藩がなくなって強心隊はとうに解散しているのだし、万一、地中から九鈴鏡が出てきたとしても、左文字の人々が恐れていたような事態にはならないだろう。そうタカをくっていたんです」

「だけど、そうじゃなかった……と」

「千両箱が出土した日の夕方、乙哉さんから連絡がきたんです」

と、言ったのは清香だ。呼び出されて、弟の乙哉と会った。乙哉はそこで「奇妙な質問」を口にしたという。

「千両箱が出土したのか？　といきなり訊かれました。なんで知ってるの？　って訊いたら通りがかった知人が作業員から聞いたって。そんなこと普通言うわけないから変だなって思ったの。しかも『中身がわかったら真っ先に教えてくれ』なんて言うから、冷やかしかと思って『私は答えられないから棟方さんに直接訊いてみて』と言ったら、今度は急に怒り出して……」

言い争いになって車に連れ込まれかけたところを、ミゲルとさくらが助けたのだ。

帰宅した清香は母・綾香に一連の出来事を話した。

そこでようやく高屋敷が「強心隊の子孫」だったことを思い出し、左文字の「家訓」と重なったというのだ。棟方組の社員が黒いGT－Rに追いかけられたのは、CTスキャンで中身が判明した翌日だった。

「それじゃ、一緒に榛名山行った時、越智さんが事故ったって聞いて『あいつが動き出した』とか言いよったとも、黒いGT－Rが高屋敷乙哉で、強心隊の子孫のクルマやったとを知っとったからなんすね」

清香はうなずいた。

「新車の黒いＧＴ－Ｒと聞いてピンときました。少し前に、乙哉さんがうちの店に乗り付けてきて、母に自慢してたのを覚えていたから」

「なら、あの黒ずくめのほうは？」

石原庚申塚古墳で、無量たちを襲った男だ。

「そいつは乙哉氏の仲間だったんだべか？」

「てか、そもそも綾香さんはなんであの日、庚申塚古墳にいたんすか？」

「呼び出されたのよ。強心隊を名乗る男から」

「乙哉氏……ではなく？」

知らない男の声で、綾香の母・大迫みどりの家の留守電にメッセージが入っていた。日時を指定し〝厳穂神社で待つ〟と残していた。明らかに乙哉とは別人だったから、警戒した綾香はカモフラージュに天狗(てんぐ)の面を持参して、厳穂神社に赴いたのだ。

「そこに俺と忍がやってきたと……」

古墳を探りにきた無量たちを、先に警戒したのは〝強心隊〟のほうだったらしい。

無量たちが千両箱の中身の話をしたのを陰で聞いていたのだろう。「箱を発見した発掘関係者」だとわかり、企(たくら)みを暴かれるのを恐れて、襲いかかってきたようだ。

「その〝強心隊〟から俺らを助けてくれたのが、綾香さんだったんすね」

無量たちと別れた後、清香から連絡が入った。越智兄弟が黒いＧＴ－Ｒに追われて事故を起こしたと。

「戻る途中、あいつらの車が私の車を追ってきたの。身の危険を感じたから、山に逃げて振り切った。連中は、あれが九鈴鏡の入った千両箱かどうか、母に確かめようとして呼び出したんでしょうね」

「高屋敷乙哉氏は、綾香さんたちが左文字の縁者〝大迫みどり〟の娘だと知らなかったんすか」

清香と揉めた時も、あくまで「発掘関係者」だから呼び出しただけのようだった。なにより、左文字と知っていたなら、無量より直接、綾香たちに訊ねるはずだ。

「史哉にも母の話はしていないから、気づいてないんでしょうね」

――九鈴鏡を用意してくれ。君のその右手で。

だが高屋敷乙哉は無量のことまで知っていたようだ。

本物の九鈴鏡は、別の場所に埋まっていると思っているのか。

無量は途方にくれるばかりだ。

「そもそも九鈴鏡は江戸にあったんでしょ？　まだ江戸にあるんじゃないの？」

忍が調べているはずだが、今どこにあるかは、なんの手がかりもない。

「……そんなのどうやって捜せってんだよ」

頭を抱えていると、スマホにメッセージが着信した。意外な人物だ。亀石建設の柳生篤志からだった。

文面に目を通した無量はぎょっとした。

「永倉から十兵衛さんとこにメールが届いただって？」

全員が一斉に無量の手元を覗き込んだ。

つい今しがた届いたようだ。だが、なぜそっちに？

「萌絵さんは無事なんやな！」

「でも変だ。柳生さんに〝出土した江戸時代の木製遺物〟の応急処置のしかたを訊ねてきたって」

メールのコピーも貼られている。いたって業務的な内容で、遺物が何かはあからさまには書いていないが、中身を読めば、それが「出土した千両箱」だとわかる。無量たちが埋蔵金騒動に巻き込まれているのを知っていた柳生は怪訝に思って、萌絵へ返信する前に無量に送ってきたようだ。

〝これって盗まれた千両箱のことじゃないか？〟

柳生に指摘されて、無量はたちまち状況を理解した。

つまり、萌絵がいま居る場所には「盗み出された千両箱」がある。やはり、それを盗み出した「強心隊」のもとにいるのか。

——いま、どこだ？

とすぐにでも返信してもらいたかったが、思い留まった。

強心隊が簡単に外と連絡をとらせるとも思えない。文面があくまで業務的なのは、強心隊に検閲されている証拠だ。質問を無量たちでなく柳生に送ったのは、柳生が「事情を知らない（安全な）部外者」だと判断されているからだろう。だとしたら不用意な返信はできない。

柳生には余計なことは書かず、質問にだけ答えるよう、頼んだ。すると、

〝遺物の状態は良好ですが、破損箇所は二ヵ所。内容物には破損なし〟

〝問題が出てきたら連絡しますので、また指示をお願いします〟

返信は早かった。文面から萌絵の置かれた状況は読み取れないが、少なくとも「千両箱の管理ができるくらいには自分は大丈夫だ」とのメッセージは受け止めた。

「大丈夫かな」

さくらもミゲルも気が気でない。だが、無量は信じることにした。

今の萌絵の状況は、裏を返せば、強心隊に「潜入した」とも言える。

お互い幾度も危険な場面をくぐり抜けてきた。萌絵はもう頼りなくなんか、ない。今置かれた状況で必ず「最良の選択」をする。そのために奮闘しているはずだ。

「俺は永倉を信じる」

萌絵を信じて、こちらはこちらで「最良の選択」をするのみだ。

「綾香さん。左文字には本当に九鈴鏡がどこにあるか、伝わっていないんすか」

「……母が聞いていないだけで、左文字の人たちは知ってたかもだけど」

千両箱にあえて「贋物」を入れて囮としたのなら、当然「本物」は別の場所に隠してある。その在処は知っていたはずだ。

「ここは二手に分かれたほうがいいようだね」

アルベルトが提案した。

「対強心隊班と九鈴鏡捜索班とに分かれよう。ボクはサヤカと一緒に乙哉氏をあたって永倉さんを助け出す。ミゲル、君も手伝ってくれるかい？」

「もちろん。萌絵さんは俺が助け出す」

「ムリョー。君は九鈴鏡だ。綾香さんと調べてくれ。永倉さんを返してもらうために必要になるかもしれないからね」

「私は？」

「サクラはムリョーと行って」

いま、無量の右手はほとんどあてにならない。代わりにさくらがいてくれるのは、無量にとってもありがたかった。天才発掘少女と呼ばれてきただけあることは、本島の発掘で実証済みだ。「まかせてけろ」と張り切っている。心強い。

無量自身は正直なところ、自信がない。

〈鬼の手〉は沈黙したままだし、万一、発掘する羽目になっても、もう今までのようにはいかないだろう。

警察に連れて行かれた忍も心配だ。どうして忍が疑いをかけられたのか。すぐに戻ってきてくれるといいのだが……。

忍も萌絵も、ここにいない。

不安しかない状況だったが、逃げ出すわけにはいかない。

〈鬼の手〉がなくても、やらなければならない。

＊

深夜になった。

萌絵は柳生から指示を受けて、千両箱の保管環境を整えた。

応急処置としてポリエチレンの袋をかぶせ、シリカゲルを入れて中湿度を保持する。ただの木箱ならば水を張った浴槽にでもつけておくのがてっとり早いが、千両箱は帯鉄の酸化を進ませる可能性もあるし、中身の遺物も取りださねばならず、埴輪（はにわ）はともかく、冠のような金銅遺物の保管はますます神経を使う。結局のところ、箱の中に納めておくのが一番よさそうだ。

梅雨に入りたてのこの時季はカビが生えやすい時季でもある。ひとつ幸いしたのは、保管場所が土蔵であることだ。昔の人間の知恵というやつで、漆喰（しっくい）壁には「吸放湿性能」があり湿気にも乾燥にも臨機応変に対応できる。漆喰は強アルカリ性でカビも発生しにくく、保存しておくには最適な環境なのだ。

作業を済ませて蔵を閉じ、萌絵は外に出た。

「うわ。寒……」

山間部は夜になると春先のような気温だ。見上げると星の数がすごい。満天の星とはこのことだ。

「すごい……。プラネタリウムみたい」

「昔はもっとすごかった」

そう話しかけてきたのは、戸倉だった。

「夜、空を見上げると、星の多さに圧迫感すら覚えたものです」

三十代半ばとみえ、生まれも育ちもこの村だったという。冬は積雪が多く、近くにはスキー場もあるほどだ。やや赤らんだ頬は雪国育ちの証で、家はずっとりんご農家だったという。

「向こうに見える高くなだらかな山並みが、霊峰・武尊山」

黒い切り絵のように浮かび上がる。前武尊、剣ヶ峰、沖武尊……とピークが七つある。武尊の名もあの山からとったのだろう。

「藤沢兄妹とは親戚か何かですか？」

血縁関係はないという。

「あのふたりは、かつて強心隊の隊長だった藤沢太郎左衛門の血筋なんだ。家の事情が複雑で、幼い頃、戸倉の叔父が引き取り、親代わりに」

戸倉は兄弟子として稽古をつけたという。武尊は天賦の才を持っていたのか、めきめきと腕をあげ、あっというまに道場の師範代に上り詰めた。

「……永倉くんと言ったか。君の武術の腕はなかなかのものだな。空手にしては動きが曲線的だった。中国武術か？」

「はい。実戦では我流ですけど」

戸倉は目を丸くした。

「ストリートファイトでもしてるのか？」

「いえ……まあ、その、そんなとこです。中国武術にも杖術はありますが、日本の古武道は足運びが独特ですね」

「帯刀せずとも相手を制圧することが、榛明流のテーマでね。いざとなれば農具でも闘える。侍以上の働きをすることもあった。武士ってやつが、いかに時代遅れだったかの証拠だな」

農兵部隊が正式に幕府に認められたのは、武蔵国・相模国などで江川代官所が集めた「江川農兵」がさきがけで、武州世直し一揆を鎮圧した。

「世直し一揆……」

「上方で攘夷だ佐幕だと騒いでいる時に、武州の百姓が起こした同時多発的な打ち壊しだ。生糸で儲けた豪商や豪農を襲った」

これを鎮圧したのも農兵だった。以後、各地で農兵を徴集する動きが広がった。高崎藩でも農兵部隊が結成された。

「そして戊辰戦争に駆り出され、同門同士で戦うはめになった」

「会津にも榛明流の門弟がいたんですか」

「南会津とは街道で繋がっているからね。強心隊は藩の判断で、やむを得ず官軍に『なった』が、中には会津方に寝返って箱館まで転戦した者もいる」

戸倉は会津のある北の方角を見やった。

「……同門で敵味方に分かれるのは、どちらもつらかったろうな」

萌絵はおそるおそる問いかけた。

「〝厳穂碑〟を解読しなければ強心隊の幕末は終わらないって、武尊さんが言ってましたけど、何かのっぴきならない事情でもあるんですか？　話してくれれば、もっと穏便な方法で協力できるかもしれません」

「厚意はありがたいが、君には関係ない」

「そうですけど。……例の藩命は、ただの藩命ではなかったんじゃないですか？　百年以上も無効にならない藩命なんて、ちょっと理由が思いつきません」

「………。江戸に流れ着いた九鈴鏡が、なぜ、寛永寺に献上されたのか。わかるか」

萌絵にはすぐに答えが浮かばない。

「古くて珍しい青銅鏡だったから……ですか」

「ちがうな。その理由は、道場にあるよ」

戸倉は家の中に戻っていった。どういう意味だろう。

満天の星の下で、萌絵は途方にくれている。

――明智光秀にでも聞いてみるんだな。

なぜ光秀なのか。九鈴鏡が見つかったのは江戸時代、光秀は戦国時代の人間。光秀が九鈴鏡のことを知っていたとでも？

「わからん……」

ここの夜空は星が多すぎる。

あんなにわかりやすい北斗七星でさえ星の海に埋もれてしまっているかのようだ。今の心境そのものだ。

「十兵衛さん、察してくれたかな……」

みんな、きっと心配しているはずだ。柳生が機転を利かせて忍か無量に伝えてくれたならいいが。

その気になれば身ひとつで逃げることもできたが、こんな峠の一軒家から土地勘もない山中をひとり歩いて人家を捜しに行く度胸はない。萌絵がいないと気づかれた途端、証拠隠滅で千両箱を燃やされでもしたら大変だ。

「大丈夫。西原くんと相良さんなら、必ず気づいてくれる」

だてに何度もピンチを乗り越えてきたわけではない。チームワークを信じる。

とはいえ、心配なのは、無量自身のことだ。

――俺が俺でなくなるみたいで、こわい。

萌絵が社会人になってからすっかり遠ざかっていた武術の鍛錬を再開したのは、ひとえに無量を守るためだった。無量を守れないなら、いくら競技会でチャンピオンになっても意味がないのだ。

だが、武術で守れるものにも限界がある。

一番守ってやりたいのは、本当は、無量の心なのに。

強がりで不遜で、滅多に弱みを見せない無量の中には、いつか亀石から聞いた「神がかりの少年」がきっと今も棲んでいる。本当は繊細で傷つきやすく、プライドとコンプレックスの間で揺れまくる自分を持て余している無量が「ここは安心していい」と思える場所は、ひとつでなくてもいいはずだ。忍には言えないことだってあるかもしれない。

――鬼がいなくなんのは、やっぱちょっと淋しいんだわ。

胸が、ちくん、とした。

無量が抱くその「淋しさ」の正体が、愛着なのか依存なのか。それは萌絵にもわからない。だが本音に触れてしまったら、もっと無量のことが知りたくなった。

街の真ん中では明るく目立つ星しか見えない。

いま目に見える無数の星々は、どこかに身を隠していたかのようだ。これが本当の空なのだ。星がひとつも見えなくなる昼間だって、本当は頭の上に無数の星々が輝いて、そこにあるはずなのに。

本当に大切なものは目には見えない。

と、言ったのは「星の王子さま」だったっけ、と萌絵はぼんやりと思った。

無量の心に溢れる見えない星。自分には今までどれだけ見えていただろう。

この静かな山里では、数え切れない星々が姿を現して、夜空とは賑やかな場所だったということを教えてくれる。

なんにも音がしない山の中で、星の声だけが騒がしい。


この時点で萌絵は、まさか自分が「人質」扱いされているとは思いもよらない。

夜は、双葉の部屋で布団を並べて寝ることになった。

親戚の家にでも来たようだ。板張りの天井や年季の入った建具、古い木材の匂い、窃盗犯の家でなければ、とても落ち着くシチュエーションなのだが。

「……兄は、誰かの指示で動いてるみたいなんです」

寝入りばなに、双葉がふと漏らした。

まどろみかけていた萌絵は、思わず目が冴えた。

「誰かの指示？　つまり、首謀者は他にいるってこと？」

「兄たちはそのひとのことを『隊長』と呼んで、頻繁にやりとりしてる様子でした」

双葉は心配で仕方ないのだろう。

「どういうひとかはわかりません。でも、兄にこんなことをさせるのがいいひとのはずがない」

「双葉さん……」

「永倉さんは〝巌穂碑〟が何か、知りたいんでしょう？」

萌絵は思わず体を起こした。

「知ってるの？」

「古い石碑です。榛名山の麓に建っていたそうなのですが、平安時代に山の上の神社に移されたんだそうです」

「巌穂というから……今の伊香保神社かな？　伊香保温泉にある」

「いいえ。巌山のあたり——今でいう榛名神社です」

九世紀、当時の榛名神社一帯は修験道の行場だった。多数の奇岩がそびえる峻険の地で、当時使われていた密教法具や土器などが出土しているという。

榛名神社は戦国時代になると、越後の上杉、小田原の北条、沼田の真田など、上州とも縁深い武将たちの崇敬を集めた。だが戦国末期、箕輪城の長野氏が滅びると榛名神社とその信仰も衰え、荒廃してしまった。

「それを再興したのが、天海僧正でした」

「思い出した。榛名神社は榛名山巌殿寺を別当寺にして、上野の寛永寺の支配下に入ったとかって……、はっ！　寛永寺！」

萌絵は思わず飛び起きてしまった。双葉も驚いて「どうしたんですか」と身を起こす。

それだ、と萌絵は震えた。

〝巌穂碑〟と寛永寺が繋がったではないか。

天海僧正だ。

徳川家康の懐刀と言われ、幕府草創時に宗教政策を担って〝黒衣の宰相〟とも呼ばれた。

「天海僧正といえば、……明智光秀伝説」

天海の正体は、実は本能寺の後、死なずに生き延びた明智光秀なのではないか、という説がある。義経がチンギス・ハンになったというのと同じ類のもので、歴史家が検証して今ではバッサリ否定されているが、世の人々が面白がったため、すっかり有名になってしまった。

明智光秀に訊け、と武尊が言っていたのは、天海に訊け、という意味だったのか？

「天海僧正が榛名神社（榛名山巌殿寺）を再興させた時、〝巌穂碑〟もそこにあったのかな」

「さあ。……ただ、もうすでに存在してないようなんです」

「存在してない？　壊されたの？」

「何者かが湖に沈めたとか。石碑そのものはなくて、いまは拓本だけが残ってるんだって兄さんが。ただ、一番肝心な部分の七文字が削られていて全文は読めないんです」

誰かが、わざと鑿で削り取ったようだという。

「その七文字を知るために、九鈴鏡を手に入れようとしたわけだよね。九鈴鏡には刻まれている、と？」

「……詳しいことはわかりませんが、天明泥流で流された九鈴鏡が手に入れば、必ず解読できる。と先祖には伝わってきたようです」

「つまり、高崎藩のお殿様が〝厳穂碑〟を解読しようとしてたってこと？」

高崎藩主の大河内松平家に伝わっていたのか？

もしくは天海がいた寛永寺自体に伝わっていた可能性もある。

江戸に流れ着いた鈴鏡が「石原庚申塚から出土した九鈴鏡」だと判明し、寺社奉行だった高崎藩主の指示で寛永寺に奉納したというが、実は逆で、寛永寺のほうから「奉納せよ」と指示した、とも考えられる。

天海僧正は「厳穂碑」と「九鈴鏡」の関係を知っていたのだろうか。

「その碑文を解読すると、どうなるの？」

「〝神が怒り、山が噴火する〟そうです」

強心隊隊長・藤沢太郎左衛門――武尊たちの先祖が残した日記にそう記してあったという。萌絵はあぜんとした。

「目的は山を噴火させるため？　高崎藩のお殿様が？」

いや、そうとも限らない。

高崎藩は官軍（新政府軍）に恭順している。

官軍の指示で小栗上野介を処刑したほどだ。

「つまり、『九鈴鏡を手に入れろ』というのも官軍の命令だった？」

官軍から高崎藩主に下った密命を、強心隊が請け負った。

ということは、つまり——。

「官軍が〝榛名山の神を怒らせて山を噴火させようとした〟ってこと？」

なぜ？　なんのために？

旧幕府軍を掃討するため？

だいぶ荒唐無稽だ。噴火を人の手でコントロールするだなんて現代の科学ですら不可能なのに。

ただ（現実に可能かは横に置いておいて）確かにここは会津との国境、官軍に敵対する東北諸藩との戦いの最前線。しかし榛名山からはちと遠すぎるような……。

「もしかしたら、その祝詞はどの山でも使えるんじゃないでしょうか」

「どの山でも？」

「はい。会津だったら会津磐梯山を、仙台だったら蔵王を。旧幕府軍が抵抗している地域の火山を噴火させてしまうことができるんだとしたら」

日本は火山列島だから火山を掌握＝日本国中を掌握することだ。だが「噴火テロ」となると、それこそ何かの「呪法」でも発動しない限り、説明が付かない。

平安時代ならともかく、蒸気機関で動く船が太平洋を渡る時代に「呪法」頼みなんて、いささか無理がありそうだが……。

「ともかく、九鈴鏡を手に入れろと強心隊に命令を下した大元は、官軍――明治政府側なのね。でもその証拠はあるのかな？」

　双葉は小声で言った。

「藤沢家に伝わっている密書です」

「密書？」

「九鈴鏡を見つけた後の隊士の処遇について書かれているそうなんですが、その差出人の名がどうやら表に出してはならないものだったようで」

　先祖代々、ひたすら隠し続けてきたという。

　――強心隊の幕末は終わらない。

　武尊はそれを終わらせるためにこんな無茶をしようとしているのか。

「兄は悪いことに手を染めるような人間じゃないんです。優しくて正義感が強くて、弱い者いじめが大嫌いでした。なのに、どうしてこんなこと……」

　胸を痛めている妹の心労を、兄はどれだけわかっているのか。

　萌絵は双葉の力になってやりたいと思った。

「〝厳穂碑〟の拓本は、お兄さんが持っているの？」

「いえ。兄たちが『隊長』と呼んでるひとのもとにあるようです」

「隊長……？　強心隊の？」

「兄はそのひとからの指示には逆らえないんです」

「何者なの？　官軍……とはさすがにもう関係ないよね」

双葉にはわからないという。

「つまり、その人が捕まれば、お兄さんたちもこの件から手を引いてくれるかもしれないわけだよね。わかった。私、なんとかしてみる」

「ほんとうですか」

心強い味方を見つけたのが嬉しかったのか。双葉も協力を誓った。

考えなければいけないことはたくさんある。が、もう身も心もへとへとだ。いろんなことがありすぎた。

眠気に身を明け渡し、明日に備えることにした。

＊

一方、面倒な事態に陥っている者がここにもいる。

相良忍だ。

渋川の警察署に連れてこられ、どうやら今夜は帰れそうにない。「参考人」だと言われたが、容疑をかけられているようだ。棟方組の遺物運搬トラックを盗んだ犯人の協力者だと疑われているらしい。

「まいったなあ……」

殺風景な取調室で椅子にもたれ、忍は時計を見た。

犯行当日とその前後の行動を細かく聞かれ、スマホも提出させられてしまった。素直に応じてとっとと容疑を晴らしてしまおう、と思ったが、スマホの履歴を調べるのに時間がかかっているようで、すっかり足留めを喰らわされてしまった。

「早くシャワーでも浴びてさっぱりしたいのにな……」

逮捕ではないので「帰る」と一言申し出れば、法的にはすぐに帰れるはずだが、身に覚えのない容疑をずるずる引きずるのも気分が悪い。

なんだって自分に容疑がかかったのだろう。千両箱のCT撮影に立ち会ったから？だとしても変だ。「埋蔵金とは無関係」と知って盗ませるわけもない。事件後すぐに東京に戻ったのを不審に思われた？

犯人と疑われる振る舞いはしていないし、こちらはむしろ、被害を受けた側だ。刑事にはここぞとばかりに「黒ずくめの男に襲われたこと」「あおり運転されたこと」を訴えたが、まともに受け止めてもらえなかったようだ。

ぼやきしか出てこない。

叩いて埃が出る体でもないが、気になるといえば、GRMとのやりとりだ。ここしばらくJKとは連絡を取っていないが。

そこへ担当の刑事が入ってきた。高崎駅で忍に声をかけた男だ。谷垣という。

「……もう朝になりますよ。そろそろ帰らせてもらってもいいですか」

「もう一度、確認させて欲しい」

手にはスマホのメール内容をプリントアウトしたものがある。

「君はX線で撮った千両箱の中身を見ていますね。中身が何かを知っていたということですね」

「何度も言ったとおり、埋蔵金ではなく、古墳の出土遺物らしきものです。その前に、黒いGT－Rに追いかけられました。窃盗事件が起きたのは翌々日の朝です」

「君はその黒いクルマが窃盗犯だと思っているんだね」

「本人か、その仲間ですよ。ドラレコの記録なら警察に渡したはずです。まだ調べてないんですか」

「確認したが、そのようなものは提出されていない」

変だな、と忍は思った。確か萌絵が提出したはず。……いや、ちがう。萌絵の報告ではその後、棟方に声をかけられて「これから警察署に行くからついでに提出しておく」と言われ、渡した、と。棟方は提出していないのか？

「それより、出土品のことを調べにわざわざ東京に戻った理由は」

「ですから、千両箱に入ってたのが七鈴鏡だとわかって、変だなあって思ったからですよ。本来なら、九鈴鏡が入っているはずだったんで」

「なんで派遣事務所の職員がわざわざそんなことを調べる必要があるのかね」

忍は溜息をついた。……またか。

「うちから派遣した発掘員が事件に巻き込まれたからです。誰が、なぜ、どういう理由で襲ってきたのかわからないと発掘員を守れないと思ったから」

「そういうことは警察に通報すれば済むことではないのかね？　千両箱の中身の遺物について調べたのは売却時の相場を知るためでは？」

「いい加減にしてください。僕が調べたのはあくまで天明泥流で流された九鈴鏡のことです。古物商とのやりとりはしてません」

「では〝コルド〟という名前に覚えは？」

忍が、ぴくり、と目線をあげた。谷垣は眼光鋭く、顔を覗き込み、

「半年ほど前の英文メールで〝国際窃盗団コルド〟について〝ＪＫ〟という人物とやりとりしているね。これは何者なのかな」

面倒なところをつかれた。

ＪＫとのやりとりは、以前、無量に見られてしまったことがあったので、極力すぐに消していたが、消し忘れたメールがスマホに残っていたようだ。

「………。少し前から日本でも活動をしている窃盗団の情報です。アメリカの学芸員から注意喚起されていました。以前関わった現場で、それらしき者たちから妨害を受けたので」

「君がその窃盗団に情報を流していたということは？」

これには忍もカチンと来た。

「僕がコルドに？　千両箱を盗んだ連中はコルドだっていうんですか」

「我々もその文化財窃盗団の活動については他県の警察から情報を得ている。このところ日本各地で被害が頻発しているそうだ。その陰にはやつらに情報を流している業界通の日本人がいるのではないかと言われている」

「それが僕だと？　冗談も大概にしてください」

「ではこの〝JK〟という人物は何者かね」

まさかGRMのほうに矛先が行くとは思わなかった。どこまで明かすべきか。中途半端に言い繕っては、かえって疑惑を深めかねない。

GRM自体は極めて合法の民間軍事会社だ。自分がそのエージェントだと警察に知られても別に処罰はされないが（カメケンからはペナルティーをくらうだろうが）こんなところで無量のことまで追及されるのは得策ではないし、心情的にもべらべら話せることでもない。

「シカゴの学芸員です。コルドの一員だと疑っているのなら、直接、本人に連絡をとってもらってもかまいません」

「………。仕事で使っているパソコンは、自宅かい？」

家宅捜索でもする気か？

令状もなしに捜索はできないが、色々と口実をつけて提出しろとゴリ押しされそうな気配だ。別に不正は働いていないし、法に照らして後ろ暗いことも何もない。が、GRMでの活動を第三者に知られるのは避けたいところだ。そうでなくともコルドも無量を狙っている。面倒なことになる予感しかない。

提出を拒否して不審に思われるのも困る。さて、どう切り抜けたものか。

谷垣は忍の反応を鋭い目つきで注視している。

そこへ別の刑事が入ってきて、谷垣に何事か耳打ちした。

「なんだと？　県警本部から？」

谷垣は慌てて取調室から出ていった。ひとり取り残された忍は少しぐったりとしながら、思案にくれていたが――。

それからさらに一時間ほど経った頃だった。谷垣が戻ってきた。

やけに神妙な顔をしている。

「……長時間お引き留めして申し訳ありませんでした。お引き取りいただいて結構です」

忍は驚いた。

「それは僕への容疑が晴れたということですか」

「はい。不躾な質問で気分を害されたかもしれませんが、これも捜査の一環ですので、なにとぞご理解を」

うって変わって丁重な態度をとるが、目つきはまだ明らかに忍を怪しんでいる。どこかから捜査に横槍でも入ったか。

　忍はキツネにつままれた気分で、警察署を後にした。

　すでに夜は白々と明けようとしている。空を仰ぐと赤城山の方角がほんのり赤く染まっている。

　警察署の前に駐まっている車に気がついた。品川ナンバーの黒いセダンだ。

　運転席にいた男を見て、忍は驚いた。

「降旗さん！」

　窓を開けて軽く手をあげている。

　降旗拓実は「乗れ」というように助手席を指した。

「逮捕状が出ていたらどうしようかと思ったが、間に合ったようだね」

「まさか、僕のためにわざわざ東京から来てくれたんですか。こんな時間に」

　高崎駅で谷垣刑事から声をかけられた時、忍は降旗と電話中だった。そのため、任意同行の件もさくっと伝わったのがよかった。

「まったく……。今度は千両箱事件に巻き込まれていたとはね」

　助手席に乗り込んだ忍に、降旗は缶コーヒーを差し出した。

「思ったよりも時間がかかったな。刑事はなんて？」

「……窃盗団に情報を流してたんじゃないかって疑われたようでした。あなたが手を回してくれたんですか」

「宮内庁の一職員がしゃしゃり出るより、米国大使館の名を借りた方が効果的だと思ってね。ＪＫから根回ししてもらったんだ」

忍は青くなった。

「警察にはどう説明したんですか」

「君はＦＢＩのコルド捜査協力者だということにしておいた。九鈴鏡について調査していたのは、捜査官からの依頼だったってね」

忍は思わず、天を仰いだ。話を盛るにもほどがある。

「逆に怪しまれますよ……」

「横田（よこた）から迎えが来るよりは穏便に済んだじゃないか」

「僕の容疑についてはどこまで把握を？」

「大使館経由で県警に問い合わせてもらったところ、君が疑われたのは、どうやら匿名のたれ込みがあったためらしい」

「匿名のたれ込み？　僕を名指しして、ですか」

「捜査の攪乱（かくらん）のためか、なんなのかは知らんが、とばっちりをくらったな。とりあえず、君の分もホテルの部屋を押さえておいたから、シャワーでも浴びて一眠りしたまえ」

「僕の分もって、あなたは何しにきたんです。身元引受人ってわけでもないくせに」

「もちろん〈革手袋（レザーグラブ）〉の監視だよ」

降旗は車を発進させた。

「〈鬼の手〉が使えなくなっただなんて、君が見え透いた嘘をつくから、この目で確認してくるはめになった」

「嘘じゃない。本当です」

「君はもう黙れ。判断は私がする」

忍は肩をすくめた。まったく、とんだ男に借りを作ってしまったものだ。

しかし釈然としないことがふたつほど残った。

ひとつは棟方だ。ドライブレコーダーの記録が警察に提出されていなかった。黒いGT－Rの件も。事故った越智亨（とおる）のクルマ以外にも追いかけられた者がいたことは、警察に伝わっていなかったようだ。

誰かをかばっている？

そして、もうひとつは――。

「……………。降旗さん。ちょっと調べたい人物がいるので、無量たちのほうは任せてもいいですか」

おや、という顔を降旗は、した。

「いいのか？　君の大事な〈革手袋（レザーグラブ）〉を私に預けたりして」

「あなたがついていれば、ある意味安心でしょ」

「誰だい？　調べたい人物とは」

夜明けの交差点で赤に変わる信号を眺め、忍は答えた。

「群馬新聞の桑野記者」

「聞いた覚えがある名だな。その記者はなにをした？」

「千両箱が出土する二ヶ月も前に、寛永寺で九鈴鏡のことを調べているんです」

朝焼けの空に、裾野の美しい赤城山のシルエットが浮かび上がる。忍はその稜線を睨みながら、言った。

「……事件についても、きっと何か知ってる。あたってみます」

第二章　高屋敷史哉

翌朝。作業開始前に緊急招集がかけられた。

作業の休止を検討するためだ。

アルベルトの判断だ。この状況では作業に集中するのは難しい。棟方は今朝になって事情を知ったのだろう。会社に駆け込んでくるなり、

「乙哉のもとに乗り込むだと？　馬鹿な真似はやめろ！」

と怒鳴りつけた。会議室には棟方組の社員が揃っている。無量とさくらはいなかったが、ミゲルが同席していた。清香が即座に反発し、

「どうしてですか。あの黒いGT－Rは間違いなく乙哉さんのクルマです。ドラレコのスクショを見せてもらったけど、映ってたドライバーは乙哉さんそっくりでした！」

「乙哉が脅したっていうのか。天明泥流で流された九鈴鏡をよこせだと？　そんなもの手に入れる理由がどこにある」

「わからないけど、高屋敷兄弟が強心隊の子孫なのも本当です。疑うなら母に」

棟方が物凄い勢いで睨みつけてきた。

清香は思わず言葉を呑んでしまった。

「とにかく勝手な真似は許さん。人骨の発掘作業も早く進めなければならん。おまえたちが首を突っ込むことじゃない。ここは警察に任せて」

「永倉さんは昨日から帰ってきてないんです。連絡もつかないんです。たぶん乙哉さんのところです。警察に知らせてバレたら永倉さんがどんな目に遭うか！」

棟方も葛藤している。相手の出方が見えない以上ここは自分たちが動くしかない、とアルベルトも訴えた。

「だったら俺が乙哉に会う」

「棟方さんが……？」

「そりゃやめたほうがいいっすよ。棟方さん」

会議室の壁によりかかり、黙って話を聞いていた越智亘が割って入ってきた。

「乙哉はあんたを恨んでたって噂です。刺激しないほうがいいんじゃないすか？」

兄・史哉の事故は棟方のせいだと周囲に吹聴して、ずっと根に持っていたという。自慢の兄で、自分がプロレーサーになったのも兄が果たせなかった夢を代わりに果たすためだったと、事ある毎に周囲に訴えていたと。

「棟方さんが行ったら火に油を注ぐどころか、逆上されるかもしんないっすよ。本当のとこ、棟方さんへの嫌がらせかもしれないし」

越智は高屋敷乙哉の心情をそう読み解いた。

「千両箱騒動で棟方組が脚光浴びるのが気に入らなかったとかかも」

「そんな動機で大の大人がわざわざ盗んだりするもんか。大体、事故はもう二十年以上も前の話だぞ」

「二十年以上前だけど簡単に忘れられるようなことでもない。そんなのは、棟方さんが誰よりわかってるんじゃないですか」

棟方は図星を突かれたのか、口を閉ざしてしまう。

重い空気になりかけた時、ミゲルが「あの……」と口を挟んだ。

「みんながGT−Rに追いかけられた後、本当は棟方さん、犯人からなんか要求されよったとじゃなかですか」

皆が一斉に棟方に注目した。そうなんですか？　とアルベルトが訊くと、棟方は苦々しい顔になった。社員には隠しておくつもりだったにちがいない。

「乙哉さんに脅されてたんですか？　これ以上、社員に手を出されたくなかったら、千両箱を渡せって」

棟方は重苦しい溜息をついた。

「……脅迫電話がかかってきたのは、事実だ。亨を事故らせたのは自分だと言っていたが、名は名乗らなかった。他の社員も同じ目に遭わせたくなければ、千両箱を引き渡せ、と言われた」

だが棟方は即座に拒否したという。

ボイスチェンジャーを使っていたのもあり、埋蔵金騒動がらみのイタズラ電話と思ったためだ。だから翌朝、犯人は黒いGT－Rだったと聞いて衝撃を受けた。棟方にとって、それはただの車種ではない。「黒いGT－R」には特別な意味があったからだ。

「俺が拒否したせいで千両箱を奪われた。俺の責任だ」

「棟方さんは悪くないです！」

「それに犯人は乙哉とは限らない。ドライバーは乙哉だったとしても、指示した人間は他にいた可能性も」

棟方の言葉に、越智たちは「まさか」と息を呑んだ。

「……首謀者は兄貴のほうだって言うんじゃ」

会議室は、しん、と静まりかえった。

張り詰めた空気を破るかのように、社内の電話が鳴り出した。島田が受話器を取って応対した。が、ほどなくしてその顔が強ばった。

「……棟方さん、お電話です」

名を名乗らない不審な電話だった。棟方は警戒しながら、スピーカーに切り替えるよう、ジェスチャーで指示した。

「お電話替わりました。棟方です」

『どうやら、事情はあらかた伝わったようだね』

男の声だ。少しトーンの高い鼻にかかったその声に、清香も棟方もすぐに反応した。

棟方は電話のほうに身を乗り出して、

「おまえ、黒いGT－Rのドライバーか。ゆうべ、強心隊を名乗って西原くんを脅したのもおまえか。永倉くんは無事なのか！」

『おまえ次第だよ。達雄』

電話の主はてらいもなく下の名前を呼んだ。ドキリ、として棟方は大きく肩を揺らした。

「……史哉」

棟方の声が震えた。

「おまえ……史哉なのか？」

『こうやって話すのは何年ぶりかな。こんな形になってしまったのは残念だが、そろそろあのバトルのことも区切りをつけないといけないと思ってね』

何のことを言っているのか、棟方組の面々にはすぐに察しが付いてしまった。

『俺もこの先何十年も引きずるのはつらい。お互い過去のことを清算するいい機会だとは思わないか』

棟方は搾り出すように問いかけた。

「……恨んでるのか。俺のこと」

『さあ、どうだろう。今までおまえに何も要求してこなかったのは、おまえを許したからじゃないことだけは確かだ。俺はこの機会を待ってたんだよ。……例の九鈴鏡の件だが、あまりのんびりされても困るから、時間制限をつけることにした』

「時間制限だと？」

『今から七十二時間以内だ』

スピーカーの声は落ち着き払っている。

『月曜の朝までに用意してもらおうか。そうすれば千両箱も彼女も無事にもどってくるよ』

無理だ、と棟方が言い返した。

「たった三日で、百年以上前に消息を絶った遺物を捜し出せっていうのか！」

『文句なら、幕末の左文字に言ってくれ。千両箱に本物の九鈴鏡さえ入れておいてくれたなら、我々もこんな面倒な真似はせずに済んだ』

「いくらなんでも無理だ。江戸まで流された九鈴鏡が、本当に榛名山麓に戻ってきてたかどうかも定かでないんだぞ！」

『なに、不可能を可能にするのが誠意って奴だ。だが勘違いするなよ。俺はおまえに償うチャンスを与えてやったんだ。〝榛名山の神〟と呼ばれた男の脚を奪った罪を、古びた鏡の一枚や二枚で償えるのなら、安いものじゃないか』

「史哉……」

『おまえは拒否できないんだよ、達雄。俺から奪ったものは脚だけじゃない。レーサー高屋敷史哉の人生そのもの、手に入れるはずだった未来の栄光だ。そんなに簡単に用意できるもので埋め合わせされても困る』

やけに淡々と「史哉」は語る。

棟方は青ざめたまま、電話の前に立ち尽くしている。

『追って連絡する。ああ、西原無量くんにもよろしくな』

電話は切れた。

発信音が虚しく響き、棟方組の面々は重苦しい空気に包まれた。

言葉の端々から滲む「史哉」の恨みの深さが衝撃だった。わかってはいたものの、こうも真っ向から突きつけられると、言葉がない。「史哉」が発した「償い」という一言が重石になって、当時を知る者たちの気持ちを深く沈めていくようだ。

償いの一言を出されたら、棟方は拒否できない。

あの夜のレースさえしなければ、という後悔の念は、ずっと棟方の中に染みこんで消えなかったからだ。

ここにいる全員が事情を知っている。タッグを組んで切磋琢磨してきた棟方と史哉の強い絆もよくわかっていたから、なおのこと「史哉」の口から語られた「本音」はショックだった。輝かしい「伝説」の二文字も今となっては虚しいだけの苦い思い出になってしまったのだ、と。

重い空気に耐えられなくなったのはミゲルだった。

「……あーもー！　とうに過ぎた昔のことなんか、どーでんよか！　俺が心配なのは萌絵さんだけったい！」

ミゲルが地団駄を踏み、重い空気に呑まれていた清香とアルベルトも我に返った。

「いま一番大事なんは萌絵さんば無事助け出すことやろ。もうよか。俺が助け出す。鏡の出ようと出まいと、知ったこっちゃなか。高屋敷ゆーやつばボコボコにしたる！」

ミゲルはドアを荒っぽく閉め、出ていった。アルベルトも続き、

「ボクも行きます。発掘作業のほうは棟方さんたちで続けてください」

残された棟方たちは重苦しくお互いを見やった。

「無理です。どこにあるかもわからない遺物をたった七十二時間でなんて……」

島田が弱音を吐いた。

棟方は窓から望む榛名山の二ツ岳をじっと睨んでいる。

＊

無量たち九鈴鏡捜索チームは、新田綾香の母・大迫みどりの家に来ていた。

みどりは入院中で長く留守をしている。綾香は仏壇の引き出しに入っていた「謎の拓本」を取りだして広げた。

「これが〝厳穂碑〟らしき拓本……すか」

思ったほど大きくはない。座布団ほどの大きさだ。

碑文は全て漢字のようだ。摩耗が進んでいて、判読できない字もある。

「これが榛名山を噴火させるおまじない？」

さくらの横で、綾香も刻まれた文字と睨み合っている。元史学科なので多少、古文書を読んではいたが、だいぶ昔の話だ。

「上野三碑は大学の実習で読んだことがあるけどね」

「たしか群馬に残ってる千三百年前の石碑っすよね」

「三碑はどれも割と読みやすいの。活字みたいで読み取りやすいし、語順も文字の順番で読み下せる和文脈で書かれてるし……」

この石碑も決して難しい字ではない。

三人は協力しあって、読み取れる部分をノートに書き出した。

「ここ……〝戊戌年（つちのえいぬどし）〟と読めませんか」

「本当だ。年号だね。この石碑を建てた年かもしれない」

「ここの三文字は……〝阿利真（ありま）〟……？」

「有馬（ありま）！」

と綾香の声がはねあがった。

「〝阿利真公（ありまのきみ）〟……。榛名山の東麓（とうろく）で勢力を持っていた古代氏族のこと。だとすると、やはりこれが〝厳穂碑〟」

「東麓っていうと、渋川市のあるあたりっすか」

「榛名山がまだ〝厳穂（伊香保）〟と呼ばれていた頃に力を持っていた氏族と言われてる」

かつては「いかつほ」「いかほろ（嶺）」と呼ばれていた。榛名山麓は雷の多い土地なので一説では「いかずち」から来ているとも。

有馬という地名は、現在も渋川市に残っている。

「じゃあ、もしかして、このあたりの古墳を作ったのも」

「石原庚申塚古墳を作ったのも、そのひとたち？」

「おそらく」

無量はさくらと顔を見合わせた。古墳時代は文字史料があまり残っていないので、被葬者が何者か、わかる例は少ない。榛名山の東麓・東北麓には渡来人の技術で馬を生産していた人々がいたことは出土遺物や遺構から判明しているが……。

「こないだ綾香さんが言ってた〝火山を鎮める祭祀集団アズマテラス〟というのは、その、有馬氏のことだったんですか」

「もともと、このあたりで力を持ってた豪族だと思う。弥生時代の珍しい礫床墓が出た有馬遺跡もあるし、その首長が有馬の祖ではないかと。六世紀に榛名山の噴火で東麓の村は壊滅的に被災したんだけど、有馬氏はその後、榛名山祭祀を司ることによって権力を得ていったんじゃないかな。アズマテラスはその有馬氏のもとで榛名山祭祀に特化した祭祀集団だと思う」

有馬氏は榛名山東麓に拠点を持ち、「馬」の名が示すように馬の生産とも無縁ではなかったろう。渡来系の出土品が多いのも、渡来人の集団を受け容れてきた証か。

榛名山を「祖霊が棲む山」として崇めていたとも言う。

有馬氏が崇敬した伊香保神社は、最初、現在の渋川市行幸田付近に鎮座していたが、その後、現在の吉岡町に遷座して「三宮神社」となり、その周辺が古代氏族・有馬氏の本拠地となったようだ。のちにその地域には上野国府もできた。

「中でも有馬氏が建造したんじゃないかと思われる三津屋古墳は、とても珍しい八角形の古墳なの。畿内に多い八角墳は天皇や皇子といった高貴な人の墳墓と言われていて、有馬氏がヤマト政権とも密接に繋がっていた証拠だとも」

有馬氏は後に衰退して、かわりに榛名山南麓で勢力を持っていた車持という氏族が台頭してきたらしい。万葉集にも残る、榛名山とその周辺を指す「イカホ」という古式名は使われなくなり、今では温泉街のある一角のみを呼ぶ地名となってしまった。

「……この石碑が、最初に伊香保神社が鎮座してた場所にあったなら、やはり、だいぶ古い。もしかすると山上碑よりも古いものかもしれない」

山上碑は西暦六八一年に建てられ、完全な形が残る石碑としては日本最古と言われている。

「石碑文化は新羅のものと言われるから、渡来人の影響かもね」

「〝戊戌年〟で、六、七世紀あたりというと……」

　さくらが素早くスマホで検索をかけた。

「五一八年、五七八年、六三八年、六九八年……このへんかなあ」

「有馬氏が最も力をもったのは、六世紀後半から七世紀後半と言われてる」

　榛名山の二度目の噴火の後だとすれば、一番早いのは五七八年か。

　その後の「六三八年」「六九八年」でも十分古い。今に残っていれば、上野三碑と並ぶほどの古碑に認定されていたはずだ。

「〝阿利真□鬼刀自□□厳穂神誓願奉〟……〝鎮賜□天雲□鏡〟〝厳穂御魂波〟……かなあ」

　全部で五十字ほどの短い碑文だ。

　読み取れるのはこのあたりが限界だが……。

「〝阿利真〟はいいとして〝鬼刀自〟ってなんすかね……」

「〝刀自〟っていうのは確か女性を指す言葉よ」

「ええっ。鬼女ってこど？」

　厳穂の神様に何かを誓願している碑文、というのは確かだ。

「〝鏡〟ってあるのは九鈴鏡のことだべか」

「あとこれ」

　無量が指さした。

「〝厳穂御魂〟ってのも神様の名前すかね」

「最後の一文がごっそり鑿か何かで削られてる。おそらく九鈴鏡で解読できるというのは、この部分でしょうね」

碑文の解読は、ここまでのようだ。

問題は、拓本と一緒に入っていたという古い書状。

こちらは拓本に比べれば、だいぶ後世のものだ。が、くずし字で記されていて、素人が判読するのは〝厳穂碑〟よりも難しそうだ。

「これは元号かな。慶応と読めそう。一揆がどうとか書いてるみたいだけど」

「慶応って幕末っすか。差出人は」

「……ちょっと読めない。宛名は八重樫と読めそう。借用書か何かの写し？」

綾香はもどかしそうに見つめている。

「全文解読したい。でも誰に頼んだら……」

「……知り合いに古文書の専門家がいるっす。画像送ってみましょうか」

「信頼できるかた？」

「性格のほうは難ありだけど、口は堅いっす」

鷹崎美鈴だ。亀石所長の元妻で、大学の史料編纂所に勤めている。

「まあ……ただ、部外者に見せていい文書かどうかは」

判断が付きかねる。この書状と拓本はセットなのだろうか。

おそらく、強心隊のもとにも同じ「拓本」があるはずだ。欠字部分を知るために九鈴鏡を欲しがっているのだろう。

「強心隊の目的はやっぱ、噴火テロだべか」

火山を噴火させる祝詞——と左文字には伝わってきた。

「けど永倉の話じゃ、黒ずくめの連中は『左文字はもう解読したのか』って詰め寄ったらしい。なんで噴火のまじないを左文字さんらが解読する必要がある？」

んだなあ、とさくらも首を傾げた。

「……それに、みどりさんはどうやってこの拓本を手に入れたんすかね。たしか最初の旦那さんが亡くなった後、嫁ぎ先からは出戻ったんすよね」

「お餞別でねが？」

「金目のものならともかく、こんな拓本もらっても……」

確かに、と綾香もうなずきながら、

「左文字のご両親は、跡取りがいなくなった時点で、本家の八重樫さんちに預けるのが筋のはず。なのになぜ……」

母・みどり本人に訊ければいいが、入院しており、認知症も進んでいて、意思の疎通が難しいこともあるようだ。この拓本のことも覚えているかどうか。

「あれ？　もう一枚入ってねが？」

さくらが、古文書が入っていた封筒の中に、もう一枚、封筒が折り畳んで入れてあったことに気がついた。みどり宛の手紙だ。消印を見ると〝昭和六十三年〟とある。

差出人は〝小山内克典〟。住所は群馬県藤岡市とある。

「……誰だべ、これ」

「まさか、その封筒に九鈴鏡の在処が？」

中を確かめたが、便箋は入っていない。空っぽの封筒だ。

「もしかして、この人物なの？　母に拓本を預けたのは？」

「……当たってみますか」

住所はもう三十年も前のものだが、どんな小さな手がかりでも今は必要だ。さっそく行動に移すことにした。その矢先だった。

「なんですって！　史哉から棟方さんに電話が？」

知らせてきたのは清香だ。高屋敷史哉から棟方に直接電話が入ったという。その内容を知った綾香は動揺した。

「……嘘よ。あの史哉がそんなことを言うなんて」

七十二時間以内に「九鈴鏡」を見つけ出せ、と制限時間までつけてきたという。

「永倉は？　永倉は無事なんすか」

史哉は萌絵のことには触れなかったが、千両箱と萌絵の身柄を人質にしている。

綾香はショックを受けている。

「高屋敷史哉っていうのは〝榛名山の神〟のほうっすよね……。兄貴のほうが黒幕だったってことっすか」

いや、そうなると無量にかかってきた電話も怪しい。弟の乙哉だと思い込んでいたが、兄・史哉本人だったのかもしれない。

「信じたくない。こんなことするようなひとじゃない……」

綾香は絶句している。さくらが無量の袖をひっぱった。

「三日しかねえべ。無量さん。急ごう」

こうなったらもう右手が使えるかどうかは、関係ない。

細い糸をたぐるだけだ。

幻の「九鈴鏡」に繋がる糸を。

＊

一方、萌絵たちのもとには朝から訪問者があった。

片品村の戸倉家にやってきたのは、新車のスポーツ車だ。やけに迫力のある排気音を響かせて入ってきた大きな黒いクルマを見て、萌絵はギョッとした。

「あの四つ玉のテールランプ……GT－R！」

間違いない。あの車だ。無量たちと棟方組の社員を追いかけて、ついには越智弟を事故らせた問題の「アオリ車」に違いない。

「おはよう、藤沢くん。榛明流の諸君は元気かい？」

玄関で丁重に出迎えたのは、武尊と戸倉だった。

萌絵は双葉と物陰から様子を窺っている。

「おはようございます。乙哉さん。こんな早くからわざわざこんな遠方まで足を運んでくださるとは……」

「早朝ドライブだと思えば、なんてことないよ」

黒いジャケットを羽織ったツイストパーマの男はサングラスを外した。四十代くらいの男前だが、少し目尻にかけて下がる眼が甘い印象を抱かせる。これ見よがしにシルバーアクセサリーをつけて、やたらと羽振りがよさそうだ。

ドライブレコーダーに映っていた、あのドライバーに間違いない。「オトヤさん」？　それが名前か？　やはり彼らは仲間だったのだ。

「永倉ってコはどこだ？」

萌絵は思わず双葉の陰に隠れた。自分のことまで伝わっているのか。

「その人でしたら左文字の赤天狗と交渉するため、門下の者とすでに出かけました」

武尊が嘘をついたので、驚いた。――私を隠した……？

「出かけた？　馬鹿言うな。そいつは人質なんだぞ！」

意表をつかれたのは武尊と戸倉だ。

「人質？　そこまでした覚えは」

「そいつの身柄を預かってると匂わせて、凄腕だって噂の発掘屋を脅した。九鈴鏡はまだどっかに埋まってるかもしれないから捜せってな」

無量のことだ。萌絵にはすぐにわかった。

私が人質？　まさかそんなことになっているとは！

「棟方組も兄貴のことがあったから、俺たちには逆らえない。黙って待てばいいだけだ。人質に余計なことをさせるな、すぐに呼び戻せ！」

頭ごなしの叱責をくらった武尊は「はっ」と頭を下げた。

まずいことになった。まさか自分のせいで無量たちが脅されてしまっているとは夢にも思わなかった。どうにかしなければ。この「オトヤ」とやらが首謀者なのか？　双葉が言っていた「兄に指示を下している〝隊長〟」とやらは。

「それより例のものを見せろ。中身を確認したい」

と、高屋敷乙哉は家にあがってきた。ひとの家で我が物顔に振る舞う乙哉に、武尊たちは諸々と従うばかりだ。

武芸道場に入ってきた乙哉は、神棚の前にどっかとあぐらをかいた。

「早く始めろ！」

あとから入ってきた武尊は袴に着替えている。戸倉が桐箱を捧げ持って入ってきて、蓋を開けた。中に入っていた巻物は掛け軸だ。それを「武尊大明神」「榛名大明神」と書かれた掛け軸の間にかけた。

広げられた巻物に描かれているのは、文字ではなく、図像だ。

戸の隙間から見ていた萌絵は目をこらした。

「……十曜紋……？」

土蔵にあった家紋と同じだ。……家紋を拝むのか？

武尊が神棚の幣束を持ち、乙哉の頭の上で振ってお祓いをする。その仕草は神社の宮司のそれだった。一連の作法を執り行った武尊が、祝詞を唱え始めた。

「アァズーマーテェラース。厳つ穂の神に疾く取り次ぎ給え」

萌絵は耳を疑った。

アズマテラスと言ったのか？　いま。アマテラスではなく。

武尊に続いて乙哉が柏手を打つ。二礼三拍手、これを三回繰り返す。見たことのない参拝法だ。

あの掛け軸は何？　と、そばにいた双葉に小声で問いかけた。

「アズマテラスのご神体を表した図像です。毎朝お祀りする時に掛けるんです」

あの十曜紋は家紋ではなく、この道場の主祭神ということか。

「アズマテラスというのは天照大御神のこと？」

「いえ。厳穂の神様です。あの形に見覚えがありませんか」

萌絵はじっと見て「あ」と小さく声をあげた。大きな黒い丸とその周りにある九つの小さな黒い丸。十曜紋だと思っていたが――。

「もしかして、九鈴鏡を象ったもの……？」

そこへ門弟たちがやってきて、運び込まれたのは土蔵に隠していた千両箱だ。無量たちが掘っていた渋川の藤野田遺跡で見つかり、武尊たちがトラックごと盗んだ。

蓋が開けられ、中身が取り上げられて、床に敷かれた緋毛氈(ひもうせん)の上に並べられた。

七鈴鏡と武人埴輪(はにわ)。そして「金銅製の冠」だ。

「あれ？」

戸の隙間から見ていた萌絵は、違和感に気づいた。

「錆(さ)びてない」

古墳時代の出土品にしてはやけにきれいなのだ。古墳から出たものなら青錆(あおさび)まみれになっているはずだが、錆は目立たず、まるで復元品のようにきれいではないか。

「古墳時代のものじゃ、ない？」

萌絵は眼を凝らそうとして戸の隙間に顔を押しつけた。どういうことだ。模造品なのか？

「ほう……。確かに鈴が七つしかないな」

乙哉は青銅鏡についた鈴を数えた。

「破損で減ったわけでもないようだ。骨董屋(こっとうや)から買いでもしたか」

「左文字の先祖は、これを本物と差し替え、肝心の九鈴鏡は他に隠したのでしょう」

「つまり囮(おとり)か。本物はどうした。まさか小栗(おぐり)の妻が会津にもって逃げたのではないだろうな」

小栗上野介の妻は、小栗が捕らえられる直前、権田村の東善寺から避難している。小栗の斬首後は官軍に捕まらないよう、決死の逃避行を経て越後に抜け、のちに会津を頼ったという。

「会津若松には何度も赴いて念入りに捜しましたが、見つかりませんでした。小栗夫人が最後に落ち着いた東京浜町の三野村利左衛門の別邸周辺も」

萌絵はギョッとした。

三野村利左衛門といえば、幕末から明治にかけて、豪商三井組の大番頭を務めた男ではないか。新政府の立ち上げを金銭面で支えたという。

「やはり上州からは持ち出さず、榛名山周辺に隠したものと思われます」

「どこぞの家の土蔵にでもあるのか。くそっ、これだけ捜しても見つからんとは」

乙哉はいまいましげに頭をかいた。

「小栗上野介一行が上野東照宮に奉納された九鈴鏡を持ち出したのは、間違いないんだ。それを手引きした坊官の証言も残っている」

萌絵は聞き逃さなかった。上野東照宮？　……九鈴鏡は寛永寺に奉納されたはずだが、そのお隣の上野東照宮に持ち込まれていたのか。

東照宮は言うまでもなく「東照大権現」――死後「神君」と呼ばれた徳川家康を祀る神社だ。日光、久能山が有名だが、他にもたくさんある。上野は三大東照宮のひとつとされる。

最終的に上野東照宮にあったものを小栗上野介が持ち出した？

「まったく役に立たんな。このままでは榛明流は君の代で終わることになるよ。藤沢君」

武尊の眼が反発するように睨んだ。

心外だ、というように乙哉が目を丸くした。

「……門弟も減るばかりの榛明流に援助を続けてきたのは、どこの誰だと思ってる。本当なら、先々代の頃にはとうに看板をおろしていたはずだ。それを今日まで存続させてやったのは俺たちだぞ」

「もちろん、ご恩は」

「時代遅れのマイナー古武術を手厚く保護してやったんだ。そんな眼で睨まれるいわれはないはずだがなあ」

武尊は憐れなほど屈辱に震えていたが、額を床に押しつけた。

「それでいいんだよ」

乙哉は立ち上がった。

「まあ、榛明流みたいな百姓古武術が役に立てるのなんて、せいぜい見張りくらいなんだからさ。警察にバレて取り返されないよう、うまくやってくれよ」

暴言にも、武尊たちは何も言い返さない。

その後も乙哉は主人のように振る舞い、戸倉たちに用意させたモーニング珈琲をたっぷり小一時間楽しんだ。門弟に洗車までさせて、意気揚々、玄関から出てきた。

乙哉は愛車の前に立ちはだかっている見知らぬ若い女に気がついた。

「なんだね？　君は」

萌絵が仁王立ちしている。

「ああ、もしかして君が永倉さんかい？　ナントカ派遣事務所の」

乙哉はツイストパーマを指にからめながら、萌絵の姿を舐めるように見た。

「そうだそうだ。忘れてた。君を迎えに来たんだったよ。人質は手元に置いておいた方が何かと都合がいいからね」

萌絵はなぜか小脇に卵のパックを持っている。おもむろに背を向けると、洗車したてのフロントガラスに向けて、これでもかと卵を投げつけ始めた。

「おまえ！　何して！」

フロントガラスは割れた卵の黄身と白身でたちまち悲惨なことになった。

「やめろ！　俺のGT－Rになんてことを……！」

逆上した乙哉が萌絵の胸ぐらを摑んだが、萌絵はその手を逆に握り返し、腕を後ろにひねり上げた。

「痛！　いたたたたた！　おい放せ……！」

「なに？　なんか文句ある？　あんたと同じことしただけなんだけど」

さきほどからずっと怒り心頭に発している萌絵は、殺気に充ち満ちた青白い顔で低く言い放った。

「あんた、このひとたちが身命賭してる榛明流を侮辱したよね」

「な……なんのことだ……はなせ……っ」

「あたしさ、同じく武芸究めようとしてる人間として、さっきのあんたの言動許せないんだわ。卵の五、六個ぶつけたくらいじゃ気が収まらないんだわ。このまま両肩砕いてハンドル握れなくさせてやろうか！」

乙哉の顔がザアッと恐怖に歪んだ。やめろ、とわめき、

「おい、なにしてる藤沢！　こいつをなんとかしろ！」

萌絵の暴挙に、武尊は呆気にとられている。代わりに門弟たちが萌絵を取り囲んだ。立場が弱い彼らは命じられたら従わないわけにいかないのだろう。戸倉の合図で萌絵を押さえ込み、乙哉から引き剝がした。萌絵は男三人がかりで押さえ込まれて身動きがとれなくなったが、怒ったネコのようにフーフー息が荒い。

「このアマ……、舐めやがって！」

乙哉が拳を振り上げた。

その体が不自然に反り返り、空中で一回転して地面に叩きつけられた。

乙哉は何が起きたかわからず、地面から空を仰いでいる。その視界を遮るように、上から見下ろしているのは、なんと武尊ではないか。

「い……。今のは貴様か、藤沢……」

身を起こした乙哉が武尊に殴りかかっていく。が、武尊は素早い体さばきでスイスイ

とかわし、ついに一発ももらわずに乙哉を地面に押さえ込んでしまった。

榛明流の捕縛術だ。

戸倉や門弟たちも驚いて、呆然と立ち尽くしている。

「おい、はなせ……！　なんのつもりだ、藤沢ァッ！」

武尊の顔つきが豹変している。突っ伏しながら抵抗する乙哉を、膝で制圧した。

「武尊様、おやめください！」

「てめぇ……こんな真似して……ただで済むと！」

「黙れ、乙哉。強心隊の隊長は、高屋敷じゃない。藤沢だ」

「なに寝言いって……っ」

「おまえらのせいで、俺たちの先祖は裏切り者扱いされた」

武尊は氷のような目つきで、乙哉の腕をなおもねじりあげた。

「密命を果たせなかったのも、おまえらのせいだ」

「は？　……なに大昔のこと言って……」

「大昔じゃねえよ。ついこの間だよ」

武尊は冷たく言い放った。

「官軍の犬に成り下がりやがって。俺たちはずっと耐えてきたんだ。肩身の狭い思いして……。けど、もう、やめる。おまえらに従うのが心の底からばかばかしくなった。たった今から、おまえが人質だ。高屋敷乙哉」

「ひ……人質？　俺が！」

「戸倉。こいつからスマホを取り上げて〝地下牢〟に連れていけ」

「ち……地下牢だと？　なんのことだ、はなせ！」

及び腰になっていた戸倉たち門弟も、慌てて動きだし、乙哉を裏山のほうに連れていってしまう。萌絵は急展開についていけず、ボーゼンとするばかりだ。

武尊は乙哉から取り上げたスマホをチェックした。

「どうやら高屋敷は、君を人質にとったと言って棟方組と西原無量に九鈴鏡を捜させているようだ」

「うそでしょ。なんでそんなことに」

萌絵は話についていけなくなって、たまらず「待って」と腕を摑んだ。

「まずいな。どの道、このままでは高屋敷に先を越されてしまう。奴らより先に九鈴鏡の在処を摑まないと」

「ちゃんと説明して。官軍とか密命とか。あなたたち強心隊は何がどうなってるの。東照宮にあったって何？　九鈴鏡にはどういう意味があるの！」

萌絵に強く摑まれて、武尊はふりほどけない。

話すまでは一歩も退かないという萌絵の気迫に押され、武尊は自分も一旦、気を整えようとするかのように、深く呼吸した。

「九鈴鏡は……東照宮の、御神体なんだ」

萌絵は息を止めた。

武尊は神妙な顔つきをしている。

「天海僧正が榛名神社で手に入れた九鈴鏡が、日光東照宮の御神体になった。『神君』家康公が東照大権現という神になられたのは、アズマテラスの力を手に入れたからなんだよ」

＊

無量たちは綾香の運転するクルマで藤岡市に向かった。

拓本と一緒に出てきた封筒の差出人「小山内克典」なる人物を訪ねるためだ。

住所の家屋には「小山内」と表札が出ている。築四十年は経っていそうな二階建ての住宅は、庭もよく整えられ、家主の落ち着いた暮らしぶりを想像させた。

「いきなり突撃して大丈夫っすかね……」

「電話番号もわからないしね」

怪しく思われても仕方ない。度胸のあるさくらが呼び鈴に手を伸ばした。

「押すべ」

と、指をかけたときだった。後ろから、声をかけられた。

「宗教の勧誘なら間に合ってますよ」

振り返ると、そこにいたのは短く刈り上げた白髪の、作務衣をまとう老人だ。

あっという顔をお互いに、した。

「……あんた、みどりさんじゃないか？」

老人は綾香を見るなり、そう言った。

「大迫みどりさんだろ！　久しぶりだねえ！」

綾香も驚き、

「母をご存知ですか」

「母？　……まさか。みどりさんじゃない？　みどりさんの娘さんかね」

そうだと答えると、老人は照れ隠しのように驚くほど明るい声で笑った。

「いや、あんまりそっくりなもんで間違えた。考えてみれば、みどりさんも、もうよいお年のはずだ。こんなお若いはずもない」

「もしかして、あなたが〝小山内克典〟さんですか。このお手紙をくださった」

と綾香が封筒を差し出すと、老人は少し真顔に戻り、なにかを察したような顔をした。

「私にいろいろ訊ねにきたんだぃね。入りなさい。茶でも飲んで話そう」

少し年季の入った純和風住宅には、中庭に石灯籠まであって、小さな寺の中にでもいるようだ。案内された客間には、掛け軸のかけられた床の間だけでなく、隅には炉まで切ってあり、入ってくるところに小さな水屋もあったから、お茶会もできそうだ。

座卓を挟んで向かい合う。小山内老人は無量とさくらを見て、

「……みどりさんのお孫さんたちかね？」

と綾香に訊ねた。無量とさくらは顔を見合わせた。兄妹に見えたか。

「いえ。娘の職場のひとたちです。優秀な遺跡発掘員なんです」

小山内老人はしげしげと無量たちを見た。容姿だけなら学生のようなふたりだ。

「突然お訪ねして申し訳ありません。急いでお訊ねしたい件がございまして」

綾香が言うと、さくらがどこかのエージェントのように大きなアタッシュケースから例の拓本を取りだして、座卓に置いた。

「母の家からこのようなものが出てきました。古い石碑から取った拓本のようなのですが、なぜ母のもとにあるのかがわかりません。一緒に小山内さんから昔いただいたこちらのお手紙が見つかりました。何かご存知なのではと……」

小山内は拓本の折り目を少し開いただけで、それが何かわかったのだろう。すぐに綾香たちのほうに戻した。

「みどりさんに何かあったのかね」

「母は入院中です。実は訳あって、急いで捜さなければならないものが」

「捜す？　なにをだね」

「九鈴鏡です」

と、横から無量が言った。

「天明泥流で渋川の神社から江戸に流された九鈴鏡です。その鏡があれば、この石碑の欠字部分が解読できると聞きました」

「……。千両箱か」

どきり、とした。

小山内は腕組みをして、新聞の切り抜きを差し出した。

「渋川の発掘現場で千両箱が見つかったと聞いた。これは、みどりさんが言っていた左文字の千両箱だったんだな？　君たちが掘り当てたのか」

小山内にはどうやら状況が見えている。

「……はい。でも九鈴鏡は入っていませんでした」

「そうだろうな」

「知っていたんですか！」

まあな、と言い、小山内は湯飲みの茶を飲んだ。綾香は不審に思い始めたのか。じっと小山内を見つめ、

「……失礼ですが、母とはどのようなご関係なのでしょう」

「私は書道家でね。書の本も書いてて県内のカルチャーセンターで講座も持っていた。みどりさんは生徒として来ていたんだ。『上野三碑を読む』というテーマの講座に」

「日本最古の石碑、の……」

「その最終日だった。みどりさんが古い拓本を持ってきた。これの解読をしたいのだが、

どうしても読めない部分があるから教えて欲しい、と言って」

「それが……この〝厳穂碑〟」

「一目見て、山上碑を凌ぐ最古級の石碑だとわかったので、是非発表させてほしいと頼んだが、断られた。世間には公にできない石碑なのだと言っていた。だが扱いに困っていたようなので相談に乗ったんだよ」

小山内は誠実な人柄で信用できる人物だと判断したのだろう。左文字が背負った秘密についても打ち明けたのだという。千両箱の話を聞いた小山内はがぜん燃えて、裏をとるべく、背景を調べてまわったという。

分厚いファイルが目の前に置かれた。無量たちは圧倒された。

「これだけ調べるのに二十年かかった」

「二十年」

地元で丹念に聞き込みを重ね、史料をあたり、東京にも足繁く通った。左文字の千両箱とは何なのか。

「そうして、ある人物にたどり着いた。先祖が権田村出身で、かつて江戸の小栗上野介忠順の屋敷で奉公していたという」

「小栗上野介……。幕府最後の勘定奉行だった、あの」

小栗の江戸屋敷には権田村から奉公によこされた次男・三男坊たちがいた。彼らはフランス式の軍事訓練を受け、小栗上野介の日記にも「歩兵」としてたびたび登場したという。夜になれば、座敷にあげられ、身分上下なく、世界情勢を語らい、数学・英語も習ったほどの精鋭だ。

彼らは小栗上野介が幕府を去るとき、江戸からの道中も共にした。

「その子孫の証言によると、千両箱はもともと、豪商三井の大番頭・三野村利左衛門が小栗上野介のために当面の生活資金として用立てたものらしい。だが中に入っていたのは金子ではなかったらしいんだ」

「小判じゃなかった」

「しかも小栗上野介が斬首された直後、小栗歩兵の若者が夜の間にその千両箱を東善寺から持ち出して、榛名神社で落ち合った渋川の塾生に託したと」

無量と綾香たちは顔を見合わせ「それだ」と言った。

「それが左文字の……！　なら、あの千両箱は小栗上野介が江戸から持ち込んだものだったんですか！」

そのようだな、と小山内は言った。

「その中には、寛永寺から預かった九鈴鏡があったという」

「九鈴鏡」

小山内は腕組みをしてうなずいた。

「なんでも、寛永寺の坊官に頼まれて密かに持ち出したとのことだった」

無量たちも呆然としている。まさか榛名山に持ち込んでいたのは、小栗上野介そのひとだったとは。

綾香が横から、

「小栗歩兵たちが東善寺から千両箱を持ち出したのは、おそらく強心隊に狙われていると気づいていたからでしょうね」

千両箱を託された左文字は、念には念を、と思ったのか。千両箱の中身をすり替えた。九鈴鏡の代わりに、自分たちの厳穂神社にあった七鈴鏡にすり替えて、埋めた。強心隊の目を逃れるため、囮工作をしたのだ。

「では、九鈴鏡のほうはどこに隠したのでしょう？」

「すり替えられた九鈴鏡の行方は、わかってる」

無量たちは驚いた。

知っているのか！

「どこです！」

「ついてくるかい？」

小山内は立ち上がった。

「案内してあげるよ」

小山内に案内されてやってきたのは、太田市を流れる利根川の河岸にほど近い歴史公園の中にたたずむ神社だった。

世良田東照宮、と看板にある。

朱塗りの大きな入母屋造の拝殿が目を惹く。欄間に施された極彩色の彫刻は華やかで、聞けば、もともとは日光東照宮の奥社にあった建物を移築したものだという。石段の両脇には葵の御紋が入った大提灯が下がっている。

「〝徳川家発祥の地〟？　ここが、ですか？」

「徳川家といえば、三河だべ」

さくらが「納得いかない」と口をとがらす。小山内は「いやいや」と首を振った。

「家康公はもともとは『松平』を名乗っていたが、のちに『徳川』に改名した。ここは『新田義貞』で有名な新田一族が大いに栄えていた土地で、この新田庄得川郷にルーツがあるとして世良田を名乗り始めたのが家康公の祖父だ。家康公は三河守を叙任する際、系譜上、藤原氏を名乗る必要があって、……つまり、怪しい出自ではないぞよ、と証明するために新田氏由来の『徳川（得川）』を名乗るようになったんだ」

「へえー。知らながった」

「新田か。綾香さんの旦那さんも、もしかして新田一族だったんですか？」

「たしかに親戚は太田や伊勢崎に多かったみたいだから、ルーツはここなのかもね」

その〝徳川発祥の地〟である世良田に東照宮を建てたのは、他でもない、天海大僧正だった。隣接する長楽寺は天台宗の寺で天海が再興に関わっている。家康の遺骸を久能山から日光に遷した後、日光東照宮の大改修を行った。その折に、古い社殿を世良田に遷し、この地に東照宮を建てるよう天海に命じたのは、三代将軍・家光だった。

「おお、来た来た。こっちだ」

資料館から歩いてきたのは、小山内よりも一回りほど若い年輩男性だ。公家顔で目がきりっとしていて、剣道でもやっているのが似合いそうだ。

「元神職の村田さんだ」

はじめまして、と挨拶をする。姿勢のよさはさすが元神職だけある。

いまは資料館の館主をしているという。

「こちらが例の大迫みどりさんの娘・新田綾香さんだ」

話は電話で通していたようだ。みどりのことも知っていたようで、なるほど、という顔をしている。

「小栗上野介の九鈴鏡の行方が知りたいそうだ。話してやってくれ」

村田は「いいのか？」と確かめるように一度、小山内のほうを見た。無量たちも固唾を呑んで耳を傾けた。

「九鈴鏡は確かに、この世良田東照宮にございました」

「！……ここに！」

無量たちは思わず赤い社殿のほうを見回してしまう。

「慶応四年閏四月十一日に渋川郷石原村の方々がこちらに持ち込んだと伝わっております」

小栗上野介が斬首された五日後だ。石原村というのは左文字たちのことだろう。

「なぜ、こちらに」

「かの九鈴鏡は上野の東照宮にございました。『神君』家康公と縁深い御神鏡とのことで、すでに上野で彰義隊と新政府軍が戦を始めんとしていた頃のことでございましたので、戦火で焼亡することを恐れたのではなかろうかと」

「つまり、避難させるために江戸から持ち出したということですか」

「でも変ですね。あの九鈴鏡が出土したのは天明年間です。家康公とは直接関わりがないように思えるのですが」

「その理由まではこちらには伝わっていないのですが、とにかく上野東照宮にて祀られていたのは事実のようです」

無量たちは困惑を隠せない。

「石原村の者より持ち込まれたという証もございます。どうぞこちらへ」

と村田は社務所へと無量たちを案内した。見せたいものがあるという。控えの間に通された無量たちの前に持ち込まれたのは、茶道具でも入っていそうな古い桐箱だ。畳に敷物を広げてその桐箱を置き、村田が蓋を持ち上げた。

「これは……っ」

中から出てきたのは、武人埴輪だ。

甲を身につけ、太刀と胡籙を腰に下げた古墳時代の武人を象っている。

桐箱には「慶応四年閏四月十一日」「奉納　石原巌穂神社氏子一同」と箱書きがある。

「九鈴鏡とともに奉納された神像と伝わっています」

綾香は慌ててスマホに収めた瓦版の画像と見比べた。兜の形もポーズも同じだ。瓦版に描かれた造形と特徴がそのまんまだった。

「天明泥流で流された……武人埴輪だ」

九鈴鏡とともに寛永寺に持ち込まれたものだ。

慶応四年、小栗の手によって鏡とともに上州まで「避難」してきたに違いない。

「ここにあったんですね……」

学生時代からずっと捜し求めてきたものとようやく対面を果たした綾香は、胸がいっぱいになった。

「本当に存在していたんですね」

畳に両手をつき、まるで可愛らしい五月人形でも覗き込むように、顔を近づけた。

懐かしいひとと出会ったような甘酸っぱさが胸に広がった。

「……もしかして、小栗上野介ははじめから九鈴鏡とこの埴輪を、世良田東照宮に持ち込むつもりだったのでしょうか？」

つまり、左文字が「千両箱」を埋めたのも「千両箱」を隠すためというよりは「千両箱」そのものを囮にして、強心隊の目を攪乱するためだったということか。その上で「九鈴鏡は千両箱に入れてどこかに埋めて隠した」と噂を流したのかもしれない。

その間に密かに「九鈴鏡と武人埴輪」はこの世良田東照宮に無事、持ち込まれたと。

「では、肝心の九鈴鏡はどちらに」

「九鈴鏡は、ございません」

ない？　と無量たちは声を合わせた。

「九鈴鏡のみ、再び外へ持ち出された、と伝わっております」

「それはなぜ」

「九鈴鏡が持ち込まれた時、このあたりはすでに東山道総督府の支配下に置かれておりました。五月に入ると、総督府の命により関東要路の警護がより厳しくなりました」

新政府軍（官軍）は東海道・東山道・北陸道の三ルートから東へと進軍した。中でも東山道を進んだ軍は最も好戦的であったという。鎮撫総督は岩倉具視の息子だったがまだ年若く、その実権は土佐の板垣退助、薩摩の伊地知正治らが握っていた。

「上州は混迷を極めていて、いまだ幕府支配下にあるところと新政府に従ったところが入り乱れる状態。その中で、東山道軍は小栗上野介を斬首するほどの容赦のなさ。この世良田東照宮も焼かれるのではないかとの噂が飛び交っておりました。そこで神職が九鈴鏡を再び移すことにしたのです」

九鈴鏡は御宮番の村人らの手によって、密かに持ち出された。

「それで、どこに移したんですか」

「官軍の目を盗んで日光まで持っていくはずでした。でも」

その日光東照宮には江戸から逃れてきた旧幕軍の脱走兵隊が入り、東照宮を拠点に戦をする構えだった。官軍はこれを許さず「東照宮を焼くつもりだ」などという噂が流れてもいた。

そこでしばらく人目に付かない赤城山の山中に隠すことになったという。

「赤城山のどこに隠したんですか」

「それが……わからない」

警戒の厳しい関所を避けて、赤城山越えのルートをとったのだが、山中でたちの悪い博徒に遭遇し、全員無残にも殺されてしまったという。

無量たちは絶句した。

「博徒に奪われたってことですか」

「……かもしれない。それきり行方がわからない」

九鈴鏡の行方はそこで途絶えているという。

万事休すだ。

「力になれなくてすまないね」

小山内が言った。綾香は、いえ、と首を振り、

「左文字の先祖がこちらに九鈴鏡を持ち込んでいたことがわかっただけでも、大きな収穫でした。小山内さんがこの埴輪を見つけてくださっていたおかげです」

庚申塚古墳の石室から、ずっと九鈴鏡に寄り添ってきたこの武人埴輪は、まるでボデ

ィーガードだ。古の神像と伝わっているが、鏡の守護神かもしれない。主である九鈴鏡と離れ離れになり、ひとりになってしまって、どこか淋しそうに見える。

「左文字の先祖は、小栗から、九鈴鏡を世良田に持っていく役目を言いつかったのかもしれませんね」

強心隊がいた高崎藩は、新政府軍に恭順している。東照宮は新政府軍にとって、徳川を象徴する神社だ。これを破壊して幕府とそれに従う勢力に精神的な打撃を与えることも考えられた。

高崎藩が九鈴鏡の回収を図ったのも「上野東照宮ゆかりの御神鏡」の破壊が目的だったのか？

しかし、だとすると、あの拓本は？

手がかりは途絶えたが、ここで諦めるわけにはいかなかった。

「九鈴鏡を日光へと運んだ御宮番さんたちの名前は、記録に残っているのでしょうか」

「手紙が残っている」

村田が一通の書状を差し出した。

「報せを受けた村の者が当社に伝えたものです。ここに名前が」

三名の名前が書かれている。

いずれも世良田村の者たちだ。

「〝新田与右衛門〟〝新田喜八郎〟……それから」

綾香が読み上げた。

「……〝桑野清十郎〟……」

＊

相良忍が人質騒動について知ったのは、翌朝のことだった。

警察から解放された後、ホテルで三時間ほど仮眠をとっていた時、電話がかかってきた。なんとミゲルからだった。

警察にスマホを取り上げられている可能性を考えて、無量たちも連絡をするのは控えていたらしい。返却されたスマホにたまたま最初にかけてきたのがミゲルだったのだ。

「なんだって！　どういうことだ……！」

無量と棟方組の状況はあらかたミゲルが教えてくれた。萌絵が強心隊の「人質」にされていることも。とても寝ている場合ではなかった。

「一晩警察に足留めされてる間にそんなことになってたなんて」

ミゲルは「高屋敷」の居所を捜して萌絵の救出に向かう、といきり立っている。

「先走るな、ミゲル！　そいつの居所がわかったら必ず僕に伝えるんだ。いいな、勝手に行動するなよ。無量は今どこに？」

綾香たちと大迫家の拓本を調べていると聞き、ひとまず危険はないと判断した。

事態は降旗も知るところとなった。

「九鈴鏡を捜せ？　西原くんにそんな要求がきたのか」

「まったく、よりによってなんでこんなときに」

無量の右手は沈黙している。そんな無量を犯人が指名したのも気になる。

「本当に彼の右手は使えていないのか」

「だから本当だって言ってるでしょ」

降旗は黙ってしまう。苛立っている忍はいちいち気にしていられない。

「どうするんだ。相良」

「どうするもこうするも……。今はとにかく」


忍は群馬新聞本社にやってきた。

あの後、すぐに群馬新聞に連絡して面会のアポをとった。電話でのやりとりではなく直接会って話をしたかったのだ。面会を求めた相手は——。

「思い出したぞ。桑野記者」

忍の隣には降旗もいる。

「西原事件の検証や黒松遺跡の反証で記者クラブ賞を何度も獲っていた記者だ。当時の報道合戦の中でも精度が頭ひとつ抜けていた。そんな敏腕記者が寛永寺に九鈴鏡を調べに来たっていうのか」

「しかも騒動が起こる二ヶ月も前にね。というか、なんであなたがここにいるんですか」

「状況が変わった。上からの指示だ」

「余計な手出しはしないでください。……来ました」

一階ロビーの面会ブースに現れたのは、あの瓜実顔の記者だった。

普段着にフィッシングベストを着こなしたラフな出で立ちだ。

「お待たせしてすみません。亀石発掘派遣事務所の相良さん、ですよね」

「はい。藤野田遺跡の騒動の時はありがとうございました。そして、こちらは」

降旗を紹介すると、桑野記者はあからさまに不審そうな顔をした。

「宮内庁……」

「はい」

「図書課、というと陵墓に関することではなさそうですね。何か新しい史料でも見つかりましたか」

ソファーに腰掛けて落ち着いたところで、口を開いたのは忍だった。

「寛永寺の九鈴鏡をご存知ですか」

「九鈴鏡……」

「はい。実は先日、幕末の輪王寺宮について寛永寺で新資料が出まして、降旗さんのところで周辺調査をなさっていたそうなんですが……」

目配せして降旗に話を合わせるよう促す。忍のでまかせだ。

「あ、ええ……、そうなんです。慶応四年に寛永寺で九鈴鏡に関するやりとりがあったことを示す史料でした」

降旗は機転がきく。うまく流れをつくり、

「その九鈴鏡なのですが、もともとは渋川の神社にあったものと聞きました。二ヶ月ほど前に桑野さんが寛永寺に調査にいらしていたと寺の方に聞きまして。何かご存知なら情報を提供していただけないかと思い、相良くんにご紹介を頼んだ次第です」

「それでわざわざ高崎まで」

はい、と降旗は営業スマイルを浮かべ、

「寛永寺に行かれたんですか？」

「天明泥流の取材をしていました」

桑野記者は凹凸の少ない能面のような顔で、さらり、と答えた。

「たまたま浅間山噴火に関する連載記事を書くことになり、泥流で流された神社にあった九鈴鏡が、寛永寺にあることを突き止めて、取材に伺ったんです」

動きの少ない桑野の表情から、真意を読み取ろうと、忍は殊更、目をこらした。

「それだけですか？」

「はい。それが何か」

「先日、藤野田遺跡から出土した千両箱ですが、なにかそのようなものが出土するという予見のようなものはありましたか」

「千両箱？　徳川埋蔵金と騒がれたあれのことですか。先日盗まれた」

こくり、とうなずく。

桑野はその質問の意味について考えているようだった。

「……もしかして、僕が犯行に関わってるなんて疑ってます？」

「そういうわけでは」

「その千両箱と寛永寺の九鈴鏡に、何か関係があるんですか。盗まれたことも関係あるんですか」

逆質問を受けて、忍は答えに窮した。不用意に答えたら、要らない情報を与えることになりかねない。

「そうではなくて、ですね」

助け船を出したのは降旗だった。

「九鈴鏡と武人埴輪が寛永寺からなくなっている理由が知りたいのです。もしかして地元に戻されたのではないかと。実際、戻ってきたとの証言もある。しかもなぜか、埋めたらしい。それがあの千両箱じゃないかと考えたわけです」

「へえ、中身は鏡と埴輪だったんですか？」

桑野が前のめりになった。ＣＴの結果はまだ公にされていない。忍が降旗に小さく首を振って口止めした。

「……では、桑野さんは九鈴鏡の行方についてはご存知ないと」

「はい。そこまでは」

「そうですか。桑野さんはその九鈴鏡は、一体なんなんだと思います？」

核心に迫るような質問をした。

桑野も真顔になり、忍の目をじっと見つめて、しばし沈黙した。

「アズマテラスの鏡」

鋭い目をして、答えた。

「この国を治めるために必要な、非常に特別な鏡だったと思います」

忍はなおも桑野の目を凝視していたが……。

「ありがとうございました」

あっさり切り上げた。玄関先まで見送りにきた桑野が忍に握手を求めてきた。

「何かあったらいつでも言ってください。力になります」

「お願いします」

「目元そっくりですね」

え？　と忍は訊き返した。降旗も足を止めた。

桑野は薄く微笑んでいた。

「お父さんに」

忍の顔から笑みが消えた。桑野はそれ以上言わない。だが気づいている。

相良忍が「西原瑛一朗事件」を告発した「相良悦史」の息子であることに。

桑野は部署のあるフロアに戻っていった。

「よかったのか、あれだけで？」

と降旗が訊ねてくる。もっと執拗に追及したほうがよかったのではないかと。

「十分です。やはり桑野記者は千両箱が出るのを知っていた」

「なぜわかる」

「たまたま、って言ってました」

地下駐車場へと向かうエレベーターの中で、忍は言った。

「何かを前提に言い繕った証拠だ。何もないなら普通に〝浅間山噴火の記事を書くことになった〟とだけ言うはず。〝たまたま〟なんて付け足したのは偶然を強調したいから。つまり偶然じゃないからです」

降旗は目を丸くして、すぐに小気味よさげな顔をした。

「相変わらず、ひとの後ろ暗さを読み取るのだけはお手の物だな」

「あなたほどじゃありませんけどね」

地下駐車場に降りてきた忍と降旗は、車に戻ろうとして足を止めた。

何か空気がおかしい。

次の瞬間、柱の陰から人影がふたつ、ヌッと現れた。

不穏な空気をまとっている。忍と降旗は身構えた。フードを目深にかぶった男たちだ。

黒い天狗の面をかけている。

忍は咄嗟に「庚申塚古墳の赤天狗」を思い出した。……仲間？　ではない？

二人の前に立ちはだかる。手には鉄パイプを握っている。

降旗も警戒モードになっている。

「……。なんの用だ」

答える代わりに鉄パイプを振り回してくる。忍が咄嗟に身をかわし、代わりに割って入ったのは降旗だ。男の腕を掴み、ひねり上げて体を崩させ、天狗の鼻を掴んで反撃に出る。すかさずもうひとりも殴りかかってきたが、降旗の反応が早い。殴打を水のような流れでかわし、懐に入り込んで絞め技で制圧する。まるで訓練を受けた特殊部隊のようで、とうとう一発も殴り返すことなく仕留めた。

だが襲撃はそれで終わらなかった。突然、駐車場の奥に駐まっていたワゴン車が急発進してこちらに突っ込んできたのだ。

「！」

忍と降旗は左右に飛んで、これをよけた。発砲音が響いた。

ふたりはたまらず駐車車両の陰に身を隠す。目の前で急停止したワゴン車の後部扉が開き、暴漢たちは這うようにして乗り込んだ。その間も発砲音は立て続けにあがる。

「おい待て！」

地下駐車場に耳をつんざくスキール音が響き、襲撃者を乗せたワゴン車は猛スピードで出口へと走り去ってしまった。

「怪我はないか」

服の埃を払いながら、忍もようやく物陰から出た。

「ええ。……発砲しましたね。実弾かな」

「わからん。ナンバーは覚えた」

駐車場には防犯カメラもある。通報すれば警察も見過ごすことはしないだろう。

「赤天狗のあとは黒天狗か……。例の高屋敷とやらの手先ですかね」

「桑野記者かもしれんぞ」

まさか、と忍は目を見開いたが、自分たちがここに来たことを知っているのは、確かにあの男だけだ。

「高屋敷と桑野が繋がっていると……？」

「それだけじゃない。警察に君のことをたれ込んだのも」

上に戻って桑野に問い質すこともできたが、とぼけられたら、そこまでだ。

こうなると、のんびり構えていられる状況ではない。萌絵の身も気がかりだ。

「無量の護衛に入ってもらっていいですか。降旗さん」

「君はどうする。相良」

あの男のことを調べます、と忍は答えた。氷のような目をして、

「桑野克雄。本当に正義漢なのかどうか、この目で確かめてやる」

第三章　十曜紋の旗のもとに

「九鈴鏡は……日光東照宮の御神体？　それ、どういうこと？」

萌絵は驚きのあまり、口が半開きになってしまった。

戸倉家に押しかけてきた高屋敷乙哉を捕らえた後で、藤沢武尊が打ち明けた一言は、萌絵をいっそう困惑させた。立ち話で聞かせる話でもない、と思った武尊は、改めて萌絵を道場へと連れていった。道場にはまだあの掛け軸がかかっている。

十曜紋が描かれている。

正座した武尊が拝礼し終えるのを待って、萌絵はその背中に問いかけた。

「さっきの話。江戸に流された九鈴鏡のことを言ってるの？」

「ちがう。〝榛名神社の九鈴鏡〟だ」

萌絵は怪訝な顔をした。……榛名神社の、だと？

「庚申塚のものとは別の九鈴鏡が、榛名神社にもあったと？」

天海僧正が手に入れた、と言っていた。

もう一枚、九鈴鏡が存在したということだ。

「戦国時代の終わり、榛名神社は荒廃しきっていた」

武尊は、九鈴鏡を象った十曜紋を見つめて語り始めた。

「これを案じた天海僧正が慶長年間に榛名山を訪れた。僧正はひどい嵐にみまわれて、道に迷ってしまった。その時、分厚い霧の中にひときわキラキラ輝くものを見つけ、それを目指してあがってきたところ、榛名神の姿を写した御姿岩にたどり着くことができたという。そのキラキラ輝くものこそ、九つの鈴がついた青銅鏡だった」

「もしかして、それが」

「天海僧正はご神徳に感銘を受け、この鏡を関八州の守り神として江戸に持ち帰り、榛名鏡と名付け、家康公の守り鏡として手厚く祀ったそうだ。そして家康公の死後、そのご遺言により、榛名鏡を東照大権現の御神体となしたという」

語り部のようによどみなく語った武尊は、まっすぐに十曜紋を見据えた。

「……と、いうのは表向き。実際のところはご遺骸が久能山から日光山に改葬されることになった時、東照宮の御神体として天海僧正が榛名山から持ち込んだらしい」

萌絵の表情に緊張が漲った。

「御神体……ということは、今は東照宮の本殿にあるというんですか」

本殿の内部は「深秘中の深秘」だ。内部の様子を口外することは許されないのだという。神職ですら祭典の時とお煤払いの奉仕の折しか立ち入れない。

「もちろん、我々もこの目で見ることはできないから真実かどうか確かめる術もない」

ごくり、と萌絵は唾（つば）を呑（の）んだ。

東照宮の「核心」は語ることを許されないのだ。

「では、その掛け軸の十曜紋は」

「そう。決して語ることはできない、家康公の真の御神体を表している」

伝え聞くところによると、東照宮の御神体は、家康の木像なのだという。

そうではないというのか？

「天海僧正が古（いにしえ）の九鈴鏡を家康公の御神体となしたのは、ただ珍しい鈴鏡だったからではない。ある意図があった」

「意図？」

「天海僧正は榛名神社に九鈴鏡が存在した理由を知っていたんだ。もともとは榛名山麓（さんろく）にて祀られていたものだった。阿利真（ありま）氏によって」

「阿利真？　何者ですか」

「古墳時代、榛名山東麓を治めていた豪族だ。阿利真一族が祀っていた神こそ、厳穂の神。いまの伊香保神社は、元々はその阿利真の社だった」

表記は「有馬」とも「阿利真」とも書かれるが、いずれも「アリマ」だ。

当時の社格は榛名神社よりも高かった。

「だが、平安時代に衰退した。代わりに台頭してきたのが車持（くるまもち）氏だ。榛名神社は車持氏ゆかりの社でもあった」

車持氏は古墳時代に当地で最も力を持っていた上毛野氏の末裔だという。その名は天皇の輿車を扱う職掌から来たらしい。

「有馬と車持……。馬からクルマになったんですね」

「ふっ。面白いことを言うなあ。ちなみに車持は群馬の名の由来にもなった」

有馬から車持への勢力交代が起こり、それに伴って、榛名山崇拝を司る社の立場も逆転した。〝厳穂神〟を祀る九鈴鏡も、有馬の伊香保神社から車持の榛名若御子神社へと遷され、以後、榛名神社で祀られることになった。これが天海の「榛名鏡」の由来だ。

かつては「厳穂嶺」と呼ばれていた榛名山が「榛名」と呼ばれるようになったのは、そんな古代の勢力交代とも無縁ではなかった。

「九鈴鏡は、阿利真が祀った厳穂神――アズマテラスの象徴でもあった」

「アズマテラス……」

萌絵はハッとした。

「東！　東を照らす！　まさか」

武尊はようやく振り返った。

「そう。東照大権現の名の由来は、アズマテラスだ」

榛名山の神アズマテラス。

今は失われた神の名を、天海は家康の御神号となしたというのか。

徳川家康の「東照大権現」という御神号は時の天皇から賜ったものだ。提示された日本・威霊・東光・東照の中から、二代将軍・秀忠が選んだと伝わる。だが、朝廷に「東照」を提案したのは天海そのひとだったのかもしれない。

「阿利真は厳穂嶺の噴火を目の当たりにした。その圧倒的かつ絶大な破壊力を畏怖し、これを祀ることで国の平穏を祈った。やがてアズマテラス信仰は『火山の神』そのものを指すとして、榛名山を離れた遠い土地にまで広まっていったんだ」

「榛名山単体を表す神ではなくなったってこと？」

「そうだ。『あまねく火山の神』として広まっていった。十曜紋とともに」

火山の神――アズマテラス。

そうだったのか、と萌絵は思った。

八重樫家の家紋が十曜紋だったのも、偶然ではない。あれは、九鈴鏡――アズマテラスを意味していたのだ。

「天海僧正は東照大権現に〝古の『あまねく火山の神』の神威〟を持たせ、日の本の大いなる守り神とした。それが東照宮の九鈴鏡の意味だ」

「……待って。なら、天明泥流で流された庚申塚古墳の九鈴鏡が、寛永寺に奉納されたのは……」

「日光東照宮の御神体と同じ姿をした鈴鏡だったからだ」

九鈴鏡は、鈴鏡の中でも、レア中のレアだ。

他に出土した例は確認されていない。

だからこそ、発見された時は衝撃が走っただろう。東照大権現の榛名鏡と同じ鏡が流されてきたのだ。将軍家と幕府に何か大変なことが起こる前触れ、と受け止められたのはまちがいない。

東照宮の御神体が九鈴鏡だということを知るのは、ごく一握り。日光山と東叡山（寛永寺）の山主である当時の輪王寺宮は放置できなかったはず。

すぐに寺社奉行である高崎藩主・大河内松平家が動いて、寛永寺に奉納された。その後、上野東照宮の御神体として崇められた。

結局、渋川に戻されることはなかった。

捜しに出た左文字が見つけられるわけもなかったのだ。

「戊辰戦争が始まって、江戸でも戦の緊張が高まった。官軍が寛永寺や上野東照宮を焼き討ちすることも想定されたから、焼亡を避けるため、御神体を避難させることになった。白羽の矢が立ったのが、小栗上野介だったんだ」

江戸から離れ、上州権田村で帰農することに決めた小栗上野介は、事情を知り、これを「幕臣としての最後のおつとめ」として引き受けたという。

「だが一連の動きが官軍に勘づかれた。官軍は追跡して回収するよう、高崎藩に命じた。それで動いたのが我々、強心隊だったんだ」

いきさつを聞いて、萌絵は絶句した。

東照宮の御神体というだけで、そこまでせねばならなかったのか。そこまで徳川を憎んでいたのか、倒幕軍は。

　道場の外からは雨が庇を打つ音が聞こえていた。古い家屋独特の湿った木の匂いがする。雨音に耳を傾けていた武尊は、榛名山に想いを馳せるように遠い目をしていた。

「……アズマテラスを祀る祭祀集団の末裔は〝厳穂の天狗〟と呼ばれてきた。言い伝えでは、天海僧正は天狗たちを保護し、東照大権現に奉仕するよう言いつけたそうだ。藤沢家も戸倉家もその末裔だ」

「……」

「榛明流は、その天狗たちが生み出した」

　末裔たちは上州の地に根を張り、脈々と〝厳穂信仰〟を伝えてきた。

　そして「神君」家康を信奉してきた。

　十曜紋は〝厳穂の天狗〟たる家を示す家紋だったのだ。

「俺たちの先祖が強心隊に加わったのは、高崎藩のお殿様のもと、将軍家のために薩長と戦う覚悟だったからだ。俺たちは百姓だったが、磨き抜いた武術の腕を世のため役立てる日が来たと思ったからだ。だが、それはかなわなかった。藩は官軍に従った」

　それは将軍家を捨てるということだ。「神君」家康公を捨てるということ。

　到底、受け容れられるはずがなかった。

「断固抵抗し、覆せないなら脱退すると訴えた。だが我々のような農兵の言葉は、藩の重鎮には届かなかった。そんな先祖たちの動きは、関東取締役を通じて幕軍に伝わったんだろう。ある人物から我々に密書が届いた。そこにはこう記してあった。……官軍の皮をかぶって潜伏し、時を待って蜂起せよ、と」

萌絵は息を呑んだ。

「蜂起、とは」

「〝官軍に潜伏し、東山道軍参謀・板垣退助と伊地知正治の首をとれ〟……と」

暗殺命令だ。

土佐の板垣、薩摩の伊地知、ふたりを討て、と。

「肝心なのは、その後だ。〝両名の首をとらば、然る後——〟……」

と言いかけて、呑み込んだ。

それは言ってはならない本当の秘密だというように。

「誰が命じたんですか」

「……。言えない」

榛明流が墓場まで持っていかなければならない「密命」だった。

百年以上も昔の話でも、彼らにとってはまだ〝歴史〟にはできない「秘密」なのだ。

「密命を得て榛明流は俄然奮起した。我々は官軍に潜伏した『神君』家康公のしもべ。身は官軍にあれど心は将軍家のもの。むろん上野から逃れてきた『神君』の御神体は、絶対に官軍には渡せない。他の強心隊士を出し抜き、自ら手に入れるべく奔走した」

だが、どうやっても見つからなかった。渋川郷石原村の者がどこかに埋めて隠した、との情報は得たが、とうとう見つけだすことはできなかった。

「暗殺計画のほうはどうなったの？　戸倉さんは片品で幕軍と戦ったと言ってたけど」

「……実行に移す前に、仲間から密告者が出た」

藩の上層部に〝密命〟をばらした者がいたのだ。

「暗殺計画が藩に露見して、やむなく中止。藩はこれを重く見て、榛明流の隊士全員から妻子を人質に取り、蜂起を未然に防いだ。結局、決行はならなかった」

榛明流の蜂起は不発に終わったのだ。

「その密告者というのが」

「高屋敷だ」

吐き捨てるように武尊は言った。

「やつが密書を持ち出して、藩に暴露してしまった」

「暗殺命令の密書を」

「藤沢は処刑こそ免れたが、隊長の座を剝奪され、同門がいる会津と戦う羽目になった。本当ならば、あの十曜紋の旗を掲げて薩長どもと戦うはずだったのに。……それでも中には決死の覚悟で隊を抜け、会津についた隊士もいたが、その家族は殺されたり、村を追われたりした。『神君』家康公の旗を掲げた旧幕軍に、銃を向けた俺たちの先祖は、旧幕軍の者からは〝裏切り者〟と後々までののしられた」

しとしと、と雨が庇を打つ。

薄暗い道場で、武尊は十曜紋の掛け軸を陰鬱そうに眺めている。

「……なのに、高屋敷はといえば、密告の手柄で明治政府の役人に気に入られた。生糸の商いで大儲けして、貧しいもんに高利貸ししてさらに儲けやがった。あまりの高利に藤沢が反発すると、密書を公開すると脅された。密書が世に知られれば、……藤沢は破滅だ」

「………」

「ついには、我が先祖が、天海大僧正から預かったという貴重な〝厳穂碑〟の拓本も、借金のかたにとられた」

もううんざりなんだよ、と年相応の口調になって、

「高屋敷の言いなりになるのは」

先祖が味わった屈辱とは、また別の怒りが滲んでいる。

道場の運営も、高屋敷が援助していることを乙哉が言っていた。

「これからどうするの？　双葉さんが心配してるよ。悪いことは言わないから、もうやめたほうがいいんじゃないかな。警察に一旦出頭して、千両箱も」

「いや。乙哉を人質にして、高屋敷から〝厳穂碑〟の拓本を取り返す」

「だめです！　それじゃ同じ穴のムジナでしょ」

「あいつはあんたを人質にして棟方組を脅した。目には目を歯には歯を、だ。拓本は取り返す。高屋敷に解読はさせない」

「なんでそんなにこだわるの！　その碑文には何が書いてあるの？　碑文を解読するとどうなるの？」

「俺が自由になる」

萌絵はハッとした。

「〝厳穂碑〟には阿利真一族の鎮山の祭文が記されてる。〝厳穂御魂（いかほのみたま）〟と言い、新羅から伝わる祭文だそうだ。天海僧正が解読し、山王一実（さんのういちじつ）神道の教義に組み込んで、家康公に授けた。そして終わりの七文字を削って榛名湖に沈めた」

「……」

「全文は天海僧正と東照大権現のみが知る。それを手に入れたい」

動機がまだ納得できない萌絵を見て、武尊は笑った。

「秘宝のありかでも書いてあると思ったか？」

「そうすることで何が満たされるの」

「幕軍からは不忠と言われ、官軍からは朝敵と言われ、……どちらにもなれなかった先祖の魂が満たされる。墓の前で唱えてやりたい」

「意固地になってる」

「意固地じゃない。意地だ。……俺たちは〝厳穂の天狗〟だから」

と言い、武尊は立ち上がった。

「棟方組に連絡してくれ。千両箱を取りに来いって」

「いいの？」

「そのかわり、俺たちを左文字とつないでくれ。あとは自力で捜す」

やけに思い詰めている背中が気になった。

道場から出ていきかけたところで、武尊がふと足を止め、振り返った。

「ありがとな。あいつのクルマに卵ぶつけてくれて」

「え……でも、あれは」

「あんたのおかげでわかったんだよ、俺。自分の本心てやつが」

怒りのままに卵をぶつける萌絵を見て、気持ちがすっとした。なんなら自分がそうしたかった。心が認めてしまったら、もう体を止められなかった。気がつけば、乙哉を地面に沈めていた。だが後悔はない。その証拠に武尊の表情はどこか清々している。

「さて……と。門弟たちを説得してこないとな」

「待って！　なんでこんなに大事な話、私にしてくれたの？　会ったばかりなのに」

あー…、と武尊は天井を見上げた。明確な理由というやつが、自分の中に見つからなかったのだろう。秘中の秘を部外者に語ってしまったというのに、なぜか、罪悪感はなく、心は軽くなったようだった。

「……いい加減ぶっちゃけたかったのかもな。〝外〟にいるやつに」

そう言って、引き戸の向こうに去っていった。

若いのにずいぶん窮屈な生き方をしてきたことは、立ち居振る舞いを見れば萌絵にもわかった。ずっと誰かに吐き出したかったのだろうか。門弟もわずかな古武術の継承者で、先祖の意地と誇りと屈辱を背負い、高圧的な親玉の使いっ走りにさせられて。きっとずっと卵を投げつけたい気持ちを抑え込んでいたにちがいない。高屋敷だけでなく、目に映るすべてのものに。

「なんだか、ほっとけないコだな……」

鬱屈（うっくつ）を抱えた姿もどこか無量（むりょう）と重なる。無量もぎりぎりまで本音を明かせなかった。

何はともあれ千両箱は返してもらえることになった。萌絵は念のため、箱の中身を確認した。いまのところ、遺物にひどい劣化は見られない。

七鈴鏡と武人埴輪（はにわ）が囮（おとり）だというのはわかったが、この冠はなんなのだろう。あきらかに時代が違う。わずかな錆（さび）は見られるが、古墳から出た副葬品ではなさそうだ。江戸時代の模造品？　鏡と埴輪だけ入れればよかったはずなのに、これには何か意味があるのだろうか。

「あれ……？」

千両箱の中を覗（のぞ）き込んだ萌絵は、奇妙なことに気づいた。錠前を開ける時に破損した箱板の一部が、二枚重ねになっていることに気づいたのだ。

「なにか挟まってる？」

割れた板の隙間から、何か書状のようなものが挟まっているのが見えた。

これは、一体……。

＊

結局、九鈴鏡の行方はわからなかった。

無量が発掘現場に戻ってきたころには、もう陽も傾いている。重機は水辺で休むフラミンゴのようにアームを畳んでいて、黄みがかった土が剝き出しになった調査区は、半分ほどブルーシートがかけっぱなしになっている。

現場には越智兄と島田のふたりしかいなかった。出土した人骨の記録をとっている。

「お疲れ様です」

「おう、なんか収穫あったか」

疲れきった無量はすべてを伝える気にもならず、とりあえず武人埴輪が見つかったことを伝えると、越智も島田も驚いて作業の手が止まった。

「すげーじゃねーか。やっぱホントにあったんだな」

「ええ。でも鏡のほうは完全に手がかり途切れました。打つ手なし。お手上げです」

地元の研究者が二十年捜して出てこなかったものが、残り二日で出るとも思えない。

「明日、赤城山界隈を調べてみるつもりですけど、望み薄ってか……」

「こうなったら、もうミゲルの言うとおり、実力で奪い返しにいくしかねえな」

越智が指の関節を鳴らした。

「殴り込みでもする気っすか」

「群馬の元ヤンキーには顔がきく。カチコミならまかせとけ」

　ミゲルなら喜んではるばる長崎から「地元のセンパイ」まで呼び寄せそうだ。

　腕力の話になると無量はまったく役に立たない。

「……この人骨、取り上げはどうするんすか」

「金井東裏と同じ流れになるんじゃないかな。ある程度出したところで記録して、説明会を行って、その後、周りの土ごと切り取ってクレーンで引き上げる」

「土ごと……すか」

「甲らしきものは出てこないから、このひとは武人じゃなかったっぽいな」

　作業は人骨の腰のあたりまで進んでいる。全ての骨は残っていなそうだが、腰骨の一部が見つかっている。

「少しだけ作業させてもらってもいいすか」

「休んでていいぞ。おまえも疲れてるだろ」

「いや。土触ってるほうが、なんか安心するんすよ」

「なら、なんかあったら呼んで。小屋にいるから」

　越智と島田は今日の作業は終了だ。無量はひとり残って、土から顔を覗かせている古墳時代の人骨と向き合った。

　この人骨は突っ伏しているらしく、上からは後頭部しか見えない。やはり、二ツ岳のほうを向いて倒れている。『甲を着た古墳人』もそうだった。逃げている途中に後ろから火砕流に呑まれた、という感じではない。

無量は人骨が倒れたのと同じ向きでしゃがみ、二ツ岳を見やった。金井東裏と違い、ここは二ツ岳も見える。谷を下る火砕流は、あちらよりも速かったかもしれない。

「……すいません。俺、あんたの声、全然聞こえなかったんすよ」

夕陽の差し込む発掘現場で、無量は赤く滲む空を背にした榛名山を眺めている。

「いつもなら『ここにいる』って多少は聞こえるんすけどね……」

無力感を噛みしめる。発掘のこともそうだが、事件のことも。

萌絵を信じてはいるが、内心は心配で仕方ない。強いと言っても無敵ではない。役立たずの自分が情けなくて、しゃがみこんだまま、うなだれた。

「ねえ、教えてくださいよ。古墳人さん」

人骨に語りかける。

「九鈴鏡……どこにあるんすかね」

鈴鏡は五世紀から六世紀前半にかけてよく用いられたという。二ツ岳のFA噴火があった頃と時期も一致する。火山を鎮めるための祭祀に使われたのは本当なのだろう。

「あの九鈴鏡が使われたのは、あんたが亡くなった後っすかね。それともあんたも使ってたんすかね」

人骨は何も答えない。

右手も何も反応しない。これが「普通の感覚」なんだよな、と苦笑いした。

無量はそっと右手で頭蓋骨に触れた。

「怖かったっすよね。一瞬でしたもんね。苦しくなかったっすか」

いたわるように撫でる。

このひとは最後の瞬間、何を思っただろう。

視界いっぱいに広がる火砕流のドス黒い熱煙が目の前に迫る光景を想像して、一瞬、身が竦むような恐怖を覚えた。無量の心は千五百年前のその時をなぞっている。

猛烈な勢いで膨れあがりながら迫る圧倒的な噴煙に、きっと「荒ぶる火山の神」の真の姿を見たに違いない。そして灼熱の闇に包まれる。数百度の熱風を吸い込んで肺を灼かれて数秒も生きていられなかったかもしれないが、絶望の中で思っただろう。

これで終わるのだと……。

没入しきっていた無量は、不意に、右手の指先を誰かに引かれた気がした。

「え……？」

驚いて右手を見たが、特になにもない。

そこには硬く乾いた土と人骨があるだけだ。

無量は放心し、伏し目がちに微笑んだ。

「大丈夫。あんたのことは、俺が責任もって最後まで掘るから」

頭の上から自分を呼ぶ声が聞こえて、我に返った。顔をあげると、夕陽を背にして、現場には不似合いなスーツ姿の男が、調査坑の上から覗き込んでいる。

宮内庁の降旗ではないか。

「降旗さん！　どうしてここに」

「お疲れさん。そろそろ作業は終わりそうかい？」

後ろには越智もいる。宮内庁から職員が来たことに戸惑っているようだ。

「……西原くんの知り合いか？」

「ええ。けどなんで」

降旗は人骨に気づいていたが、あえて見ないふりをするようにして、

「終わるまで待たせてもらってもいいかな」

現場から上がった無量に、プレハブ小屋で待っていた降旗は、訪問のいきさつを語った。警察に連れて行かれた忍は無事解放されていたと知って、無量は胸を撫で下ろした。

「忍のやつ、解放されたんなら、すぐこっちに連絡よこせばいいのに。……つか、匿名のたれ込みって、誰がそんなこと」

「警察がコルドの関与を疑ってたのも気になる」

コルドか、と無量は思案を巡らせた。確かに忍と自分はブラックリストに載っていてもおかしくないが、今度の件に関わっている気配はない。

「……それで、忍はいまどこに」

降旗は群馬新聞の桑野記者のことも伝えた。

「千両箱が出る二ヶ月も前に、すか……。確かに怪しいっすね」

「我々を襲った黒天狗の正体も気になる。例の高屋敷というのはどういう人物だ？」

萌絵と千両箱が人質にとられていることは、降旗もミゲル経由で聞いている。棟方組の事情は越智が語り、無量も調査の結果を一から全部伝えた。

「世良田東照宮に運ばれていたのか……？　あの、徳川の発祥地の」

「らしいっすね。瓦版にそっくりの武人埴輪もあったし」

「世良田に持ち込まれた九鈴鏡というのは、これのことか？」

降旗が見せた画像は有栖川宮家が所蔵していたという「九鈴鏡の写真」だ。

「わっ。マジで鈴が九つある。本当に存在したんすね、九鈴鏡！」

「慶喜公は明治天皇に献上する、との意志を示していたそうだが、何かの誤りだったのか。もしくは献上を阻止しようとして輪王寺宮が先に動いたのかもしれん」

「家康ゆかりの品を官軍から避難させるって、そんなこと実際あったんすか？」

「ああ。日光東照宮でも官軍が迫ってきたので東照大権現の御神体を持ち出した、という話を聞いたことが……」

待てよ、と降旗がメガネの弦に指を添えて、記憶をたどりだした。

「そういえば、この鏡の形、何かで見た覚えがあると思ったが……。そうだ、十曜紋だ」

「家紋？　ですか」

降旗が素早くスマホで検索して画像をふたりに見せた。

「この紋を掛け軸にして祀っているという古い農家の話があった。場所は栃木だったか群馬だったか。その理由も、これが東照大権現の御神体を表しているからと」

「家紋が御神体？」

「私も不思議に思った。十曜紋自体は戦国武将の家紋でもたまに見るが、徳川とは関わりないし、東照宮の神紋でもない。だがこの図形をよく見てくれ。九鈴鏡に似てる」

無量たちも「あっ」と思った。

「そっか。周りの丸は鈴か……」

「まさか東照大権現の御神体は九鈴鏡だったってことっすか！」

にわかには信じがたいが、そうだとすると、だんだん話が見えてきた。流されてきた九鈴鏡を寛永寺が引き取ったのも、それがただの青銅鏡ではなかったからだ。

「そういうことなら話もつながる。鈴が九つでなければ、こんな扱いもしなかったはず。浅間山が噴火して、泥流が江戸まで押し寄せて、家康公の御神体まで流れてきたんだ。さぞ大騒ぎになっただろうな」

「天変地異っすよね。この世の終わりがきたかと思うかも」

その後、上野東照宮に祀られた経緯も容易に想像がつく。

「なんなら、慶応四年、将軍警護の名目で上野に集まった彰義隊が、将軍が居なくなった後も留まり続けた理由も、この九鈴鏡があったからかもしれん」

「東照宮を——東照大権現の御神体を守るため？」

「御神体は『神君』家康そのものだからな」

名目上は歴代将軍の御廟を守るためだったが、御神体となればもっと具体的だ。「神君」家康の身体そのものを表すからだ。

日光山でも慶応四年四月に江戸からの旧幕軍の脱走兵が入り、ここを拠点に戦陣を構えた時、大楽院の僧らが御神体を奉じて会津に向かう、という事件が起きている。実際、近いところでは官軍との戦闘も起きており、最終的に旧幕軍は会津へと逃げ、日光には官軍が入った。

「『神君』家康公は徳川幕府の絶対神だ。その御神体だけは絶対に傷をつけさせてはならない。幕軍の兵を命がけにさせるには十分な理由だ」

だが、世良田東照宮に「避難」した九鈴鏡は、行方不明だ。

御宮番が持ち出し、博徒に奪われたというが、さだかでない。

「持ち出した御宮番の名前っす。この三人」

無量が書状の画像を見せた。くずし字で記された名を見た降旗は、眉を寄せた。

「〝新田与右衛門、新田喜八郎、桑野清十郎〟……」

「博徒に殺されたらしくて、帰ってきてないみたいなんすよね」

「桑野……」

降旗が気づいた。無量も少し遅れてから、

「え！　まさか！」

降旗は無量を差し置いて忍と電話でやりとりを始めてしまう。まるでツーカーの仲のようなやりとりに、無量は置いてきぼりだ。最後にようやく忍が、

『無量、心配かけてすまなかった。桑野清十郎の件、ありがとう。すごい手がかりだ』

「それより大丈夫？　警察に目ェつけられたりして。さっきも変な連中に発砲されたとか聞いたけど」

『手を引けっていう犯人からの脅しだろ。実弾じゃないよ。おまえこそ気をつけて。降旗さんにしっかり守ってもらうんだぞ』

電話は切れた。忍の頭は多分もう「桑野清十郎」のことでいっぱいになっているのだろう。猪突猛進型だから、一度勢いがついたら無量でも止められない。

あとは忍に任せて、今日のところはホテルに戻ることにした。

プレハブ小屋で帰り支度をしていると、越智のもとに電話がかかってきた。

「千両箱が返してもらえる？　それマジすか！」

棟方からだった。朗報だ。

会社に永倉萌絵から電話がかかってきたという。

萌絵の説得が成功したらしい。直接取りに来て欲しいとのことだ。

「大手柄じゃないか。やるな、永倉くん！」

「ほんとに説得で？　大暴れして取り返したんじゃなく？」

ただし、あくまで警察には通報せず、トラック一台で来ることが条件だった。

「俺も行きます！　棟方さん、行かせてください！」

無量が喰い気味に申し出た。

『そうだな、永倉君も連れて帰ってこないといけないから、越智、おまえも近くまでついて来い』

無量と越智はすぐに会社へ戻ることになった。

クルマに乗り込もうとした無量を降旗が呼び止めた。手にしているのはワイヤレスイヤホンらしきものだ。ピルケースに似た充電器に収め、無量の穿いているカーゴパンツのベルトループに取り付けた。

「なんなんすか。このワイヤレスイヤホン」

「GPSだ。念のためだよ。スマホは取り上げられたらおしまいだからな」

「最近の宮内庁ってハイテクなんすね」

「私も後からついていく。何が起こらないとも限らないからね」

無量もにわかに緊張した。新聞社で忍と降旗を襲撃した犯人たちは、先日の黒ずくめよりもはるかに不穏だった。

「……。そっすね。そん時はお願いします」

無量は越智のクルマの助手席に乗り込み、夕闇迫る発掘現場を後にした。

＊

武尊山も今夜は雨霧の向こうに隠れてしまっている。

萌絵がいる戸倉家で、武尊は門弟たちと激論をかわしている。なかなか結論が出ないようだった。つまり、高屋敷乙哉の処遇についてだ。

乙哉は監禁中だ。

高屋敷の援助で成り立ってきた榛明流だ。この暴挙で高屋敷は援助を引きあげるかもしれない。この際、理不尽な上下関係は清算すべきだと訴える武尊に、年長者たちは同意を渋った。いますぐ乙哉を解放して謝罪したほうがいい、とまで言われた。

だが武尊は引けない。

――あいつら、千両箱を盗んだ罪を俺たちになすりつけて、尻尾切りするのが目に見えてる。俺たち榛明流は〝強心隊〟である前に〝厳穂の天狗〟だ。

――今度こそ十曜紋の旗のもとに行動すべきじゃないのか。

最後には破門を覚悟した。

――俺ひとりでもあいつらに逆らって〝厳穂碑〟の拓本を取り返す！

紛糾した議論を最後にしめくくったのは、意外にも、戸倉だった。

「高屋敷に宣戦布告するなら、そりゃもう戦争です。私は武尊様についていきますよ」

夜になって雨があがった。

萌絵が訪れたのは〝地下牢〟に閉じ込められている高屋敷乙哉のもとだった。

山の斜面に建てられた平屋の倉庫だ。半地下の土間には漬け物桶やビールケースが並んでいる。地面すれすれの窓から、萌絵は中にいる乙哉を覗き込んだ。

「かっこわるいですね」

乙哉はふてくされてビールケースに座り込んでいる。

「……あの立派なGT－Rで棟方組の旧車を追いかけたの？　おとなげないですね」

「うるさい。だまれ」

「よくも西原くんたちまであおってくれましたね。レーサーのくせに、一般ドライバーへの危険運転とか恥ずかしくないんですか」

一般ドライバー？　と乙哉が目を吊り上げた。

「ふざけんな。あんなドリフトUターンかます奴のどこが一般なんだよ」

「えっ。相良さん、そんなことしたんですか」

「気持ち悪いドライバーめ。どノーマルのAT車であんな走りするなんて聞いてねーぞ」

「どこで西原くんのこと知ったの」

「……埋蔵金が騒ぎになった日。現場の記者にまぎれて舎弟を送り込んでたんだよ」

SNSでバズった翌日だ。現場に押しかけた記者たちの前で、桑野記者が「西原無量」がいると暴露した。それで知ったらしい。

「ははーん。要するにこういうこと？　棟方さんを脅したけど断られて、千両箱を武尊くんたちに盗ませたはいいが、中身は贋物（にせもの）だったから、今度は私と千両箱を人質にして、西原くんたちに九鈴鏡を捜させたわけ？　姑息（こそく）」

「うるせー！　だったらなんだってんだよ！」

萌絵が小脇の卵パックから卵を投げつけようとして構えた。乙哉は思わず身をすくめた。

「首謀者は誰？　九鈴鏡を手に入れる本当の目的はなに？」

「くっそ。死んだって言うもんか」

「あんたの可愛いGT－Rの上で目玉焼きつくってもいいんだけど」

「ああぁ！　やめろ、それだけはやめろ！」

母屋（おもや）の玄関前にトラックが一台入ってくるのが見えた。雨でぬかるんだ道を走ってきたのか、タイヤが泥だらけになっている。棟方組のトラックだ。

千両箱を引き取りにきた棟方たちが到着したところだった。

「永倉、無事だったか！」

「西原くん！」

なんと無量もいる。わざわざ迎えに来るとは思わなかったので、萌絵は驚いてしまった。

「来てくれたの？　嬉しい。心配かけてごめんね」

「いや、心配はしてない。早く永倉回収しないと更に被害が甚大になるから」

「なにそれ。ヒド」

感動の再会とはならなかったが、やはり無量はこうでないと、と謎に安心した。

棟方たちの到着に気づいて、家の中から武尊と戸倉たちが外に出てきた。こちらはさすがに表情が硬い。

「棟方組の棟方達雄だ。君たちか。うちのトラックを盗んだのは」

武尊は気まずそうに深く頭を下げた。

棟方はしばらく黙って見つめていたが——。

「出土品はどこだ」

すでに土蔵に収められている。間違いなく藤野田遺跡から出た千両箱だと確認した。中身も確認して一旦、蓋を閉めた。

「高屋敷乙哉もここにいると聞いた。話がしたい。どこだ」

武尊たちは棟方を裏山の倉庫へと連れていった。乙哉は漬け物桶の横でふてくされている。棟方に気がつくと、思わず立ち上がってしまった。

「久しぶりだな。乙哉」

「む……棟方。なんでここに」

「いいクルマ乗ってんじゃねーか。俺にも乗せてくれよ。新型GT－R」

乙哉はいたたまれなくなって顔を背けてしまう。楝方は窓の前にしゃがみこみ、

「かっこいい脅迫電話だったなあ。ボイスチェンジャーなんか使って、この俺もさすがに青ざめたぜ。なにこんなとこに閉じ込められてんだよ。ジムカーナの表彰台に何度も立った男が」

「だまれ！　ひとをあざけりにきたのか。どうせ俺は一度もチャンピオンにはなれなかった男だよ」

「兄貴なら、なれたのに……か？」

途端に乙哉が顔を真っ赤にして、ビールケースを持ち上げ、窓のある壁めがけて投げつけた。

「てめえが兄貴の脚を奪ったんだろうが！」

萌絵には話が見えない。無量と越智は真顔になった。

「あの日てめえとなんかバトルしなけりゃ、兄貴は今頃、日本を代表するレーサーになってたんだ。国際レースの第一線で世界のトップドライバーと互角に戦って、表彰台でシャンパンファイトしまくってただろうよ！」

越智が心配そうに楝方を見たが、楝方は表情を変えない。やけに醒めた目つきで乙哉を見つめている。

「おまえのせいで兄貴の人生は……！」

「……兄貴兄貴って、おまえの自慢できることは〝兄貴〟しかないのか」

乙哉が思わず言葉を呑んだ。

棟方は突き放すように、

「いい年しやがって、みっともないとは思わねえのか。二言目には今頃は今頃はって……。どんなにいいこと言ったたって、全部おまえの妄想じゃねえか。そんなんだからおまえはいつまでたっても兄貴に追いつくことができねえんだ！」

乙哉の顔がひきつった。一度堰を切ったら棟方の口は止まらなかった。

「そりゃそうだよな。何をやっても、頭んなかで兄貴だったら兄貴だったらって言い続けて、実体のない逃げ水を見てちゃ、永遠に追いつきっこねえよなあ。それで勝手にコンプレックスもたれたら、史哉だって迷惑だよなあ」

「ふざけんな！」

「図星か」

「てめえに何がわかる！　どこにいっても『高屋敷の弟』って言われてよォ、成績が悪けりゃ『兄貴だったら』って言われ、表彰台のてっぺんに立っても『高屋敷の弟だから』って言われ続けた俺の気持ちが……！」

おや？　と無量は思った。雲行きがおかしい。

兄が大好きで、兄が自慢の弟だったのではないのか？

「高屋敷って名乗れば必ず〝榛名山の神〟と間違えられた。向こうはプロデビューもしてなかったのに、だ。あいつは表彰台のてっぺんのそのまた上から、いつもこっちを見下ろしてやがる。兄貴がプロになってたら俺が勝負して勝つこともできたのに、あんたがその機会を奪っちまったんじゃねえか！」

ムキになって止まらなくなる乙哉を、棟方は険しい顔で見つめている。

「あんたはレーサー高屋敷史哉を殺して、俺の中に幻のレーサー高屋敷史哉を生み出しやがった！　絶対に勝てない高屋敷史哉を！……俺は兄貴を超えたかったんだ。自慢の兄貴なんかじゃない。俺はあいつが大っ嫌いだった！」

吐露するうちに感情が昂ぶってしまったのか、終わりのほうは涙声が混ざっている。

「………。だからGT－Rに乗ってんのか」

乙哉は嗚咽を嚙み殺し、悔しそうにうなだれた。

「そうだよ……。少なくとも俺は金だけは手に入れた。レーサーの才能はなかったが、商才はそこそこあっからな。おまえらのおんぼろGT－Rなんかじゃない。最新で最高スペックのGT－Rに俺は乗れるんだ」

「なら、バトルしてみっか」

乙哉が驚いて顔をあげた。棟方は至極真剣だった。

「おまえのGT－Rと俺のGT－R。どっちが速いか、バトルしてみっか」

「は……」

乙哉がたまらず哄笑した。

「バトルだとう？　あんなおんぼろが最新のGT－Rに勝てるわけねえだろ！」

「やってみなきゃわかんねえよ。それでもし俺が勝ったら、九鈴鏡はあきらめろ」

「はっ。俺が負けるわけもないけど、俺があきらめたところで、あのひとは絶対あきらめねえだろうな」

「あのひと？　誰のことだ。史哉か」

乙哉は不遜な笑みを湛えて壁にもたれている。

おい何とか言え！　と棟方が迫ったが、武尊がその肩を摑んで止めた。

「そこまでにしといてくれませんか。そいつは俺の人質なんで」

「なに言ってんだ。人質ってなんのために」

「こいつと引き替えに取り返してやる。強心隊の〝隊長〟から〝厳穂碑〟を」

これには乙哉が目を剝いた。

「てめえ正気か、藤沢。本気であのひとを敵に回す気か」

「俺ももう子供じゃない」

武尊は真顔だった。

「おまえらに顎で使われるのはもうたくさんだ」

「宣戦布告ってか。やれるもんならやってみろ。榛明流なんかひねり潰してやる」

三人のやりとりを背後で見ていた無量たちは、母屋のほうが何やら騒がしいことに気がついた。見ると、道路のほうから見慣れないワゴン車やらトラックやらが次々とやってきて、玄関前に乗り付けてくる。降りてきたのは物騒な格好の若い男たちだ。

「武尊様！」

門弟が血相を変えて走ってきた。

「高屋敷の使いを名乗る者たちが」

「なんだと！」

武尊たちが急いで母屋に戻ると、半グレめいた若い男たちは全員バットや金属棒を手にしている。戸倉の制止を無視して、いきなり縁側の窓ガラスを叩(たた)き割り始めたではないか。破壊音が耳をつんざいた。男たちは土足でズカズカ家にあがってくる。

「おまえら何してる！　やめろ！」

すぐに門弟たちと止めに入ったが、やめるどころか、問答無用で殴りかかってきた。怒号があがった。十人以上の半グレ男が家の中で傍若無人に暴れ始めた。

「なんなの、これ！　ちょっとあんたたち、やめなさい！」

駆けつけた萌絵と無量たちも止めに入ったが、手がつけられない。後から到着したトラックの荷台からはさらに十数人が降りてきて、一方的な破壊と暴力に加わった。

「乙哉さーん、どこですかあ！　馬場(ばば)っすー！　強心隊引きつれてきましたよー」

手下を仕切る男が大声で煽(あお)る。カーテンを引きちぎり、食器棚を倒し、

「おーい、身内は全員引きずり出せえ！」

ひっくり返した仏壇から灰がもうもうと上がった。馬場と名乗った男は棟方たちの制止を無視して家捜しを始めている。徒党を組まれて押しかけられては榛明流も手が追い

つかない。とうとう部屋にいた双葉まで外に引きずり出されてきた。髪を摑まれた双葉は恐怖で泣き叫んでいる。

「助けて、萌絵さん！」

「双葉さん……！　その手をはなしなさい！　はなせっつってんだよ！」

キレた萌絵が鬼の形相で飛びかかる。なりふりかまっていられなくなってきた。武尊たちも応戦して何人かを制圧したが、男たちは次から次へとあがってきて、きりがない。

「誰の指示だ！　ここが榛明流の道場と知っての狼藉か、全員出ていけ！」

暴漢たちはとうとう道場にまで土足で押し入ってきた。掛け軸を乱暴に引き剝がし、破り捨て、壁にかけていた槍や杖を落として振り回す。

「おーい、こっちも壊せえ！　邪魔するやつはどんどんボコれー」

「おまえら神聖な道場に……！」

戸倉が摑みかかって乱闘になる。もう収拾がつかない。大混乱の中で棟方が叫んだ。

「西原……！　警察に通報だ！　通報しろ！」

「はい！」

無量がスマホを手に取った時だった。いきなり後ろから口を塞がれた。気がついた時には複数の男に体を押さえつけられている。

「え……っ。おいっなんだ、はなせ！」

激しく抵抗するが引きはがせない。そうこうするうちに無量の小柄な体は屈強な男に持ち上げられて、ワゴン車のほうに連れて行かれてしまう。

「西原くん⁉」

双葉を守って八面六臂の大暴れをしていた萌絵はすぐさま駆けつけようとしたが、束になってかかってくる男たちが邪魔でなかなか前に進めない。

「西原くん！」

ばん、とスライドドアが閉められて、無量の姿はワゴン車の中に消えてしまう。男たちを必死で倒しまくって追いかけたが、一歩及ばず、ワゴン車は発進してしまった。

「まずい、追わないと！」

GT－Rの排気音が響いたのはその時だ。振り返ると、いつのまにか倉庫から助け出されていた乙哉が運転席にいる。勢いよくバックしてくる。咄嗟に飛んでよけなければ、あやうくはねられるところだった。GT－Rは方向転換して道路へと走り出した。

「あいつ！」

「永倉さん、乗れ！」

背後から棟方の声が響いた。トラックに乗りこもうとしているところだった。萌絵も助手席に飛び乗った。棟方はアクセルをべったり踏みこみ、一瞬タイヤを空転させてから猛烈な勢いで道路へと飛び出した。

無量を乗せたワゴン車とGT－Rは猛スピードで夜の峠道を下っていく。ろくに街灯もない林道だ。ガードケーブルしか張っていない山間の道を爆走する二台を、棟方は小型トラックで追走する。

「うそだろ！」

前を走る乙哉が目を剝いた。小型とは言え、荷台のついたトラックだ。それが目を疑うような速さでついてくる。

カーブで突き放そうとするが、いっこうにトラックのスピードが落ちない。それどころか、車体の重さも手伝って下り坂を転がり落ちるように迫ってくるではないか。

「ひ！」

乙哉は恐怖に駆られた。ありったけのテクニックを駆使して高速でカーブを曲がるのに、棟方のトラックを突き放せない。そうこうするうちにトラックの鼻先がGT－Rの尻をつつき始めた。逃げようとしてアクセルを踏む。運転席の棟方の顔がバックミラーに映ると、仁王のような顔をしている。

乙哉は悲鳴をあげた。

「あいつ、どうかしてる！」

普通の神経ではない。二トントラックで峠を攻める走り屋なんて聞いたことがない。乙哉は焦るあまり、クルマの制御がおかしくなってきた。運転が見るからに乱れ、本来ならずば抜けて安定したGT－Rのリアが左右に振れ始めた。

「くそ！　R32みたいなケツの振り方してんじゃ……！　うわ！」

棟方のトラックがカーブの内側から鼻先をねじ込んでくる。

乙哉がハンドル操作を誤り、わずかにあいたスペースを抉るように、棟方のトラックが抜いていく。乙哉のクルマはたまらずスピンして側壁に激突してしまった。

GT−Rを抜き去ったトラックはすでにテールランプさえ見えない。ありえない速さで、木々が被さる峠の闇に忽然と消え去ってしまった。

四点式のシートベルトで命拾いした乙哉は、運転席で茫然としたままだ。

「……悪魔だ。あいつ……」

そこに追いついたのは、越智のクルマだった。

「大丈夫か！」

駆け寄ってくる越智の声を聞きながら、乙哉は朦朧と天を仰いだ。観念したのではない。腕の差を思い知らされたのだ。悔し涙も出ない。

乾いた笑いしか出てこない。

「なにが〝榛名山の神〟だ。ちくしょー……」

山深い峠道の闇にハザードランプが明滅する。

遠くからサイレンの音が聞こえ始めていた。

*

だが、結局、追いつくことはできなかった。棟方の運転が及ばなかったのではなく、むしろ、その鬼のような走りにトラックが耐えられなかった。サスペンションをやられて国道に出る前に動けなくなった。

一方、戸倉家に警察が駆けつけたのは、一時間ほど経った頃だった。襲撃した男たちのうち、半分ほどには逃げられたが、もう半分はろくに動けないほど叩きのめされていた。榛明流にも怪我人が出たが、それよりも家の被害がひどい。

——ここは我々に任せて、行ってください。師範代。

門弟たちは警察が来る前に武尊を逃がした。

——我々は皆、師範代に従います！

あのならず者たちは明らかに高屋敷が差し向けたものだ。乙哉を監禁して反抗をほのめかしただけで、まさかこんなに早く数に物を言わせた襲撃を仕掛けてくるとは思わなかった。

——お兄ちゃん。永倉さんの同僚さんを助けだしてあげて！　永倉さんは私を守ってくれたんだよ。おねがい。

双葉にもそう言われてしまった。

あとのことは任せて、武尊は戸倉とふたりで家を出た。自分たちが襲われたのは仕方ない。高屋敷との戦争を覚悟していた以上、無傷ではいられない。だが、無量たちに限って言えば自分たちが巻き込んだようなものだ。

「あの発掘屋、庚申塚古墳にいた奴だよな」

「ええ。確か〝西原無量〟と」

武尊は助手席でじっと考えを巡らせている。

「……前橋に向かってくれ」

「総社のほうですか」

「いや。赤城のほうだ」

え？　という顔で戸倉が武尊を見た。

「よろしいんですか」

ああ、と武尊は答えた。目は対向車線を睨んでいる。沼田のほうからあがってくる車のライトが途切れない。その車列に、かつてこの道を会津に向かって進撃した官軍の隊列を重ねた。意志に反して官軍に従った先祖の後悔を繰り返したくない。道路標識に「日光」の二文字を見つけて、武尊は自分を奮い立たせた。

「俺はもう二度と『あいつ』には跪かない。戦うべき時に戦わないで後悔したくない。卵は、本当にぶつけなきゃならない相手に投げなきゃ意味がないんだ」

片品川の対岸に赤城山のシルエットが浮かび上がる。

ハンドルを握る戸倉は、どこか思い詰めたような顔をしている。

「どうかしたか？　戸倉。ずっと黙り込んで」

「……武尊様」

「なんだ？」

「私はあなたに、ひとつ、打ち明けなければならないことがあります」

「打ち明ける？　なんだ、あらたまって」

戸倉の横顔は武尊が今まで見たことがないくらい、真率だった。

赤信号の前で車を停め、戸倉は口を開いた。

「実は……」

＊

忍に報せが届いたのは、深夜のことだった。

すでに渋川のホテルに戻って、さくらとミゲルとも合流している。部屋で夜食のインスタントラーメンをすすりながら、忍が集めてきた資料に必死で当たっているところだった。

電話は萌絵からだった。無量を連れ去った車の追跡に失敗したという。

『ごめんなさい。あと一歩のところでタイヤが……』

忍たちは絶句した。

本来の目的である千両箱のほうは無事回収した。一旦、警察に持ち込まれ、確認後、棟方組に戻される手はずだ。が、代わりに無量を連れて行かれてしまうとは。

一連の経緯を聞いた忍は数瞬うなだれたが、すぐにまた顔をあげた。

「……そうか、大変だったね。とにかく永倉さんが無事でよかった。疲れてるだろうから今夜は一旦休んで。大丈夫。一晩、作戦を練って、また明日合流しよう」

通話を切ると、さくらとミゲルが心配そうに顔を寄せてくる。萌絵の無事だけを手放しに喜べない。忍は心の中で「降旗は何やってたんだ」とあしざまになじった。

「どうすんの？　相良さん」

無量がさらわれた理由なんて、ひとつしかない。

萌絵が話していた「榛明流」とやらの寝返りで、首謀者の思惑に狂いが生じたのだろう。西原無量をじかに手に入れる作戦に切り替えたといったところか。

「あいつら西原に九鈴鏡掘らすつもりか。土ん中にあるとも限らんとに、無茶苦茶な連中たい！」

忍の堪忍袋もそろそろ限界が近い。

九鈴鏡を見つけるまでは無量に手を出すことはないだろうが、見つけたあとは、わからない。

と、そこへ電話がかかってきた。アルベルトからだった。

アルベルトは清香（さやか）とともに総社にある乙哉の家の前で直接張り込んでいる。高屋敷一族が住んでいる界隈（かいわい）で、大きな家が何軒も建っている。棟方から連絡があり、無量の件を知ったのだろう。乙哉の家に連れて行かれた気配は、今のところ、ないようだ。

『だけどそれとは別に気になる動きがあったよ。写真見て』

送られてきた画像は、屋敷に出入りしていた車を写したものだった。

黒塗りの高級車に乗っているのは、外国人のように見える。黒髪に褐色肌の中年男は、顔立ちを見るとアラブ系だろうか。家から出ていくところだった。

『これは向かいの高屋敷家なんだけど、二時間ほど前に来て、出ていった。ボクは見覚えがあるんだ。この男に』

アルベルトが興奮気味に言った。

『何年か前、ポンペイから出た遺物が流出してドバイでオークションに出されてたことがあった。すぐに気づいて回収したんだが、その出品に関わってた男に似てる』

「古美術商か？」

『たぶん。たしか名前は……』

「ヴォルフ」

さくらが言った。写真は鮮明ではないが、さくらには見分けることができた。

「本島(ほんじま)に来てた外国人でねが？　船に戸川(とがわ)会長乗せて逃げた」

忍は息を呑(の)んだ。

国際窃盗団コルドの男だ。首領バロン・モールの側近だという。

「ヴォルフが高屋敷と繋(つな)がってる……？　ばかな。まさか裏で手を引いていたのは！」

もしそうなら話が変わってくる。バロン・モールは無量を手に入れたがっていた。

『念のため、サヤカが後を追ってる。榛名山方面に向かってるみたいだ』

「いけない。危険な相手だから深追いはしないでください。すぐに尾行を切り上げるよう伝えてください！」

切迫した忍の口調からアルベルトも何か察したのだろう。わかった、と短く答え、通話を終えた。忍は険しい表情になった。取調室で谷垣(たにがき)刑事がコルドのことを持ち出してきたのも、まったく根拠のない話でもなかったわけだ。

「無量さん、大丈夫だべか？」

さくらも事の深刻さを察し、不安そうな顔をしている。

アルベルトと入れ替わるように、今度はメッセージが着信した。見ると「降旗」の二文字がある。

送られてきたのは、地図の画像だ。

赤いピンが立っている。

何を意味しているのか、たちまち察した。

忍は鋭い目になって、窓から望む榛名山の中腹付近の明かりをじっと睨(にら)みつけた。

第四章　博徒と御神鏡

　無量は観念した。

　だいぶ物騒な「ならず者」たちにさらわれたので、さぞかし、ひどい目に遭うのだろうと思った。人気のない河原で尋問されてボコボコにされるとか、廃工場で監禁とか、最悪の状況をさんざん覚悟していたので、車から降ろされた時には拍子抜けした。

「えっ、ここ？」

　無量は目を疑った。

　連れてこられたのは、伊香保温泉にある高級旅館だ。

　純和風料亭のような構えで、広い玄関には大理石が敷かれ、見るからに敷居が高そうだ。ならず者たちは玄関先で帰ってしまい、かわりに迎えたのは女将だった。

「西原様でございますね、どうぞ。おあがりくださいませ」

　わけがわからないまま案内されて、通された部屋は、庭の美しい二間続きの和室だ。

「お食事はもうお済みでしょうか」

「済んでるんでおかまいなく」

「ではお夜食をお持ちいたします。庭にお風呂もございますので、どうぞごゆっくりおくつろぎくださいませ」

「おくつろぎって……あの」

女将は何の説明もなく行ってしまった。まさか、豪華なおもてなしをするためにさってきたわけでもないだろうに。手厚くもてなされればされるほど、かえって相手の要求の面倒さが伝わってきて、無量もいい加減、げんなりする。

街灯に照らされた温泉街の石段を窓から眺めていると、ほどなくして廊下から複数の足音が聞こえてきた。

短いやりとりが聞こえ、部屋に入ってきたのはレザージャケット姿の渋い男だ。

「ついにご登場っすか。強心隊の大ボスさん」

現れたのは首謀者・高屋敷史哉。……と予想していたのだが、無量はすぐに違和感に気づいた。

男は初老だ。口の周りに髭を蓄え、白髪交じりの髪を後ろになでつけている。ビンテージものを着こなし、大型バイクに乗っているのが似合いそうな、攻めた装いだ。

だが高屋敷史哉は棟方や綾香と同世代のはず。それにしては老けているし、何より車イスに乗っていない。義足か？　とも思ったが、足取りはいたってスムーズだ。

座卓を挟んで、向き合った。

「君が西原無量くんか」

「……誰っすか。あんた」

六十代くらいに見える。頬や目元のたるみにも貫禄(かんろく)があって眼光鋭く、絵に描いたような強面ぶりはいかにも現代に甦(よみがえ)った「強心隊」のボスだ。

「私の名は、高屋敷慶三(けいぞう)。甥(おい)が迷惑をかけたようだね」

低音ボイスにも迫力がある。無量は身構え、

「乙哉(おとや)氏のことっすか？　ってことは」

「ある方から君のことを紹介してもらってね。凄腕(すごうで)の発掘屋だと聞いた。海外でも活躍していて〝宝物発掘師(トレジャー・ディガー)〟の異名をとっていると。その右手が例の〈鬼の手〉か？」

慶三の目線は、無量の革手袋をはめた手に注がれている。

自分だけ連れてこられた理由をすっかり理解してしまうと、かえって頭の中は冷静になれた。

「誰が紹介したのか知らないすけど、ご用件はなんですか。仕事の依頼をするにしては、ちょっとやり方が乱暴なんじゃないですかね」

「甥の不作法は謝る。棟方組の皆さんへはあとできちんと謝罪させる」

「そういう問題じゃないでしょ。危険運転とか出土品窃盗とか、悪質すぎる」

「もちろん賠償もさせる。その上で君にはあらためて依頼をしたい」

「九鈴鏡捜しっすか」

物わかりのよさに、慶三は微笑んだ。

「もちろん、謝礼は用意する」

無量は溜息をついた。

「あのですね。さんざん脅されて、こんな拉致みたいなやり方で連れてこられて、引き受けると思います？　いくら金を積まれてもヤですよ。断ります」

慶三は無量を値踏みするように、じっと見つめている。

昔の武士のようだ。カミソリのような目つきだ。

「……榛名山には天狗の言い伝えがある」

慶三は座卓に肘をのせ、両手を組んだ。

「厳穂の神に仕える天狗だそうだ。天狗との誓いを破る者がいると、麓に下りてきて、その者の畑に悪さをするという」

無量は怪訝そうな顔をした。慶三は暗く目を据わらせ、

「……榛名の天狗が、遺跡を荒らさないとも限らないね」

無量の顔がこわばった。

暗に脅している。従わなければ、遺跡を荒らす、と。

この男は無量の扱いを心得ている。なにを持ち出せば、無量が従うか、よくわかっているようだ。

「……。脅したって無駄っすよ。俺を紹介したひとが何を言ったか知らないけど、俺の〈鬼の手〉はもう役に立たないんすから」

「なに」

「そいつはどうせ、俺が〈鬼の手〉で遺物を見つけるとか、良いこと言ったんでしょ。だけど、おあいにくですね。少し前から感覚なくなっちゃって、今回の発掘もずっと不発なんですよ」

「とぼけているのかな」

「こっちだって嘘だと思いたいすよ」

　無量はためらいなく右手の革手袋を外して、見せつけた。あらわになった熱傷痕の醜さに、慶三は顔を歪めた。

「おかげさまで、ただのヤケドした手になりましたよ。失敗する発掘に金積んだとこで、みすみすドブに捨てるようなもんじゃないすか」

「……」

「モグラの旦那にもそう伝えてくださいよ。ねえ、オオカミさん」

　慶三は「なに」と言った。無量は無言で立ち上がり、次の間とを仕切る襖を勢いよく開けた。

　そこにいたのはアラブ系の男だ。

　スーツを身にまとい、褐色肌に口ひげを蓄え、銀縁メガネをかけている。縮れた黒髪は砂漠の民を思わせ、大きな黒目は鷹のような鋭さを帯びている。

　コルドの幹部ヴォルフだった。

「……あんた、家で乳香焚いてるでしょ。ぷんぷん匂うんすよ」

「いまの話は本当か。ムリョウ・サイバラ」

ヴォルフは半信半疑だ。表情こそ変わらないが、眼は緊張を孕んで無量を凝視している。その目線をいなすように無量は鼻を鳴らし、肩を震わせて笑い始めた。

「なにがおかしい」

「よく考えたら、これ、グッドニュースだったわ。〈鬼の手〉が終了すれば、俺はもうあんたらに追いかけ回されないで済むし。考えてみたら右手のせいでめんどくさいこといっぱい起きてたもんな。死にかけたりもしたもんな。ははは！　清々するわ！　なくなってよかったわ！　これでやっとモグラ男爵につきまとわれることも……」

ヴォルフが上着の裾を跳ね上げ、腰に下げていたジャンビーヤ（中東のナイフ）を素早く抜いた。目の前で刃を一閃させ、切っ先を無量の鼻先に突きつけた。

「笑うな」

「……」

「おまえの言い分はわかった。……いいだろう。もし本当に〈鬼の手〉が探知不能になったのなら、代わりにその五本の指、宝石箱に入れて、ボスのもとへ送ることにする」

今度は無量が動揺する番だった。ヴォルフは敏腕検事のように鋭い眼をして無量の反応を凝視している。

「ついでにサガラの指も、な」

おもむろにジャンビーヤを鞘に収めると、

不穏なことを言い残し、部屋から出ていった。ヴォルフは今までに二度も無量たちから痛い目に遭わされている。ラフな手も厭わない、世界で暗躍する国際窃盗団の幹部だ。虚仮にされた屈辱と恨みを、このプライドの高そうな男が忘れるわけもなかった。

　そんなやりとりを目のあたりにしても慶三はまったく動じない。この腹の据わり方もただ者ではない。

「あんたもコルドに何かつけこまれてるんすか」

「とんでもない。彼は友好的なビジネスパートナーさ。日本で商売がしたいっていうから、現地コーディネーターを買って出た。彼が『イエヤスの御神体』と『開けると山が噴火する箱』を欲しいというから」

「もしかして今度の発掘調査を裏でセッティングしたのも」

「学術調査にはスポンサーがつきものだ。高浜教授はなにも言ってなかったかね？」

　無量は言葉を失ってしまう。そういうことか。それが自分を指名した理由か。

「まあ、彼への日本みやげは千両箱セットで満足してもらうさ。我々強心隊は、九鈴鏡でもっと大きなものを手に入れる」

「大きなもの？」

「天海の遺産」

　無量は息を吞んだ。——天海、だと……？

「遺産……って、なんのことすか」

「左文字から何も聞いていないのか？〝厳穂碑〟を解読した者には〝厳穂御魂〟が手に入る。天海はそれを用いて徳川幕府を盤石にした」

「御魂って？」

「日光東照宮を建てる際、その御魂で最初の祭礼を行った。そして誰にも悪用されないよう、元の場所に戻し、碑文に刻まれた〝七文字〟を削って石碑を榛名湖に沈めた。噴火を司る御魂を東照大権現が独占するために」

「そんなものあるわけ……っ」

「噴火はコントロールできないが、ひとはコントロールできる」

慶三は不敵な眼をしている。

「災害というのは一番有効な宗教だからね。ひとはコントロールできない物事を恐れ、安易なほど神にすがる。恐れを煽れば、容易に身も心も財産も差し出す。災害不安が高まる時ほど、神にとってはまたとない商機というわけだ」

「あんたなに言って」

「目に見えないものにすがろうとする人間は、どんなに社会が発展してもいなくならん。いや、発展するほどますます増えていくようだ。この世は神に近い者が儲かるようにできている。古くて新しいビジネスモデルってやつだ」

無量は思わず慶三の胸ぐらを摑み上げた。だが慶三は動じず、それどころか薄笑いすら浮かべて、

「……君にも、神にすがりたいほど不安なことがあるんじゃないかね」

心を覗かれた気がした。

高屋敷慶三はやんわりと手を押しのけると、襟元を整えて、立ち上がった。

「……ああ、そうだ。〝調査〟には助手がいるだろう。適任者を連れてきたから、じっくり打ち合わせをしておくことだ」

「助手だと？」

部屋の外から、さっきの男たちに連れてこられたのは、髪の長い若い女だ。

「新田さんじゃないすか！」

清香だった。両手首をガムテープでぐるぐる巻きにされて、口にも貼られている。

男たちに突き飛ばされて無量の足元に倒れ込んだ。

「おまえら……っ」

「明日の朝、迎えにこさせる。それまでゆっくりくつろいでくれ」

慶三は部屋から出ていった。無量は清香を抱き起こし、口からガムテープを剝がしてやった。

「大丈夫すか、怪我は」

「あの外国人を追ってたら、変なクルマに囲まれて」

追跡しているのをヴォルフに気づかれたのだ。愛車から引きずり出されたのが余程怖かったのか、清香の顔はすっかり青ざめてしまっている。

「この発掘のスポンサーって高屋敷だったんすか」

「棟方組は請け負いだから詳しく見てなかったけど、いくつかあるスポンサーの中に両毛商事って地元じゃ有名な会社の名前があった。この旅館もその系列だよ」

高浜教授が無量を指名したのも、スポンサーからの指示だったというのか。

窓を見ると、青ざめた顔で向き合う自分たちの姿が映っている。

石段の向こうから湯煙がのぼって、オレンジ色の街灯を滲ませている。

*

渋川は朝から雨模様だった。

山麓は鉛色の空に覆われている。晴れていれば一面金色に輝く収穫前の小麦畑も、穂がすべて沈鬱そうにうなだれているように見える。

忍は早朝から出かけた。

向かった先は、前橋インターの近くにある住宅街だ。

車を駐めて待っていると、一軒の住宅から中年の男が出てきた。雨の中、小走りに車に乗り込もうとするその男に、忍は近づいていって傘を差しだした。驚いた男に忍は言った。

「おはようございます。これからご出勤ですか、桑野さん」

桑野記者は明らかに不審な顔をした。

「なんですか。朝っぱらから人の家まで押しかけて」

「誰の監視もされてないところで伺いたいことがあったものですから。こんな雨の中で長々話すのもなんだ。今日一日欠勤してもらえますか」

ずいぶんと強引な言いざまに、桑野は不快感をあらわにした。

「なんですか。九鈴鏡のことなら」

「桑野清十郎はあなたのご先祖ですか」

ハッとした桑野に、忍は冷静に言葉を繫げ、

「世良田東照宮から九鈴鏡を持ち出した御宮番のひとり。博徒に襲われて鏡ごと行方不明になったと聞きましたが、彼らは本当に行方不明になったんでしょうか」

「………。なんでそんなことまで調べた」

桑野は鋭い目つきになっている。

「君の目的はなんだ。相良忍。相良悦史氏のことで、なにか僕に言いたいことでもあるのか」

「息子に何か言われそうなほど後ろ暗いことでもあったんですか」

桑野は半眼になった。

忍はスマホを取りだし、スクリーンショットの画像を見せた。

「寛永寺を訪れた後、あなた、赤城山の伝説や事件を連載記事にしてますね。博徒に襲

われた先祖の足取りでも追っていたんですか」

「何か起きたのか」

単刀直入に桑野が言った。まるで「起こる」ことを予測していたかのように。

桑野の表情を上目遣いでひとしきり観察して、

「西原無量が何者かに連れていかれ、昨日から行方不明です。千両箱を盗んだ犯人から九鈴鏡と引き替えにすることを要求されていました。あなたも、九鈴鏡を捜していたんですか」

雨が強くなってきた。

傘を差しだしたため、自分が濡れているのも厭わず、忍は刃のような目つきで、

「九鈴鏡を捜していたのは、窃盗団に売り渡すためですか」

桑野が溜息をついた。おもむろにスマホを取りだして、メールを打ち始める。送信し終わると、フィッシングベストのポケットにねじこんだ。

「欠勤届を出した。今日の取材もリスケする。……まあ、乗ってくれ。ドライブでもしながら桑野清十郎の足取りについて話そう」

赤城山の裾野は広い。

緩い坂が延々と続き、住宅地を抜けると、斜面を畑が覆い始める。バックミラーに市街地が見下ろせるようになってくると、オートキャンプ場の案内板が目に入ってきて、

高原を走っている気分になった。

「僕が桑野清十郎のことを知ったのは、まだ学生の頃だった。法事で集まった親戚たちが〝世良田東照宮の御神体を持って逃げた先祖〟の話をしはじめたんだ」

ハンドルを握りながら、桑野は語り出した。ワイパーで払われる雨粒の向こうに稜線が見えてくる。赤城山は重い雲に覆われている。

「酒飲みの話だからだいぶいい加減で、半分与太話だったが、なんだか印象深かった。夏休みに自転車で、赤城山にあるという清十郎の墓を探しに行った」

江戸時代は、旅の途中で死んだ者の遺体は家には返らない。現地の者が「無縁者」として弔うのがしきたりだ。清十郎も亡くなった場所で弔われ、小さな墓が建てられた。

「旅の博徒とトラブルでも起こしたのか。斬られて、それでも数日は生きたらしい。遺言を聞き取った村人が世良田に文を出して、発覚した。鏡は行方知れず。気の毒だな、鏡はどこに行ってしまったんだろうな、と思っただけで、その時はそれで終わった」

「その時は」

「去年、うちの紙面で『おらが村の古墳遺物』という特集記事を組んで、読者から投稿を募集した。〝文化財指定されていない〟出土遺物から歴史を紐解くというものだ。自分の家や地元で大切にされていた投稿の中に一通、気になる投稿があった」

運転する桑野の横顔を、忍はじっと見ている。あたりは霧で見通しが悪い。カーブが続く道を慣れた様子であがっていきながら、桑野は語った。

「なんですか。その、気になる投稿というのは」

「博徒が残した鈴鏡の話だ」

忍はハッとした。

「戊辰戦争の頃の話、子持山の麓の村で関所破りをした博徒が役人に追われて、村人の家に立てこもった。村人に頼まれてその博徒を退治したのが、旧幕軍の敗残兵だったらしい。死んだ博徒の所持品の中に、とても珍しい、鈴がたくさんついた銅鏡があったんだ」

「鈴鏡！」

世良田東照宮から持ち出された九鈴鏡のことか⁉

「その敗残兵は鈴鏡を見るなり『それは祟り神の鏡だから、神社に納めて決して誰にも見せてはいけない』と言った。『私が戦地から戻ったら、必ず引き取るから、それまで誰にも見せてはいけない。まして官軍の兵には決して渡してはいけない。渡したら村が滅ぶ』と言い、印籠を預けていったという」

村人は震えあがり、すぐにそれを神社に納め、『見た者を祟る鏡』と恐れて袋をかぶせて隠してきた。その敗残兵が言った通り、ひと月後、官軍がその鈴鏡を捜しに来たが、そんなものはないととぼけ通した。

「投稿を読んで、僕はすぐにピンときた。長らく忘れていた桑野清十郎の話。……すぐに投稿者のもとへ取材に行った。話を聞き、子持山の神社にも案内してもらった」

「それで、あったんですか？　九鈴鏡は」

答えを迫る忍に、桑野は黙った。

「見せてはくれたが、かぶせてある袋をとってもらえなかった」

「……確認できなかったんですか」

「そのかわりに敗残兵が残した印籠を見せてくれた」

「印籠」

「十曜紋が入っていた」

忍は神妙な表情になった。

「それは……つまり」

桑野が運転する車は赤城山の西の中腹をぐるりと帯をしめるようにまわって、北へ向かっていく。晴れていれば眼下に見渡せる、利根川沿いの田園地帯も雨霧に滲んでおり、川を挟んで西に向かい合う榛名山の優美な姿も、いまは暗い雲に覆われていた。

「寛永寺に行ったのは、その後ですか」

「ああ。ピンとは来たが、その鈴鏡が本当に上野東照宮の御神体だったのかどうか、確かめないととと思った」

「記事にするために？」

「真実だとすればスクープだ。だが僕は毎経日報の如月みたいなやり方はしたくない。検証を疎かにして騒ぎ立てると、必ず犠牲者が出る」

黒松事件の自殺者のことが念頭にある。

一方で、その徹底的な検証で完膚なきまでに捏造を暴かれた西原瑛一朗は、追い詰められて精神を病み、孫の右手を焼いた。

「九鈴鏡の話、社外の誰かにしましたか」

桑野はまた黙った。

生真面目な桑野はやましいところに話が及ぶと黙り込む。なんだかずるいな、と忍は思った。真実を暴く時は正義の味方みたいに自信満々で饒舌になるくせに、暴かれる側になるのは怖いのか。

「誰かに話したんですね」

「全部じゃない」

行く手に小さな展望台が見えた。桑野はハンドルを切って、停めた。

静かな車内にハザードランプの音が響く。雨音が車の屋根を打つ。ハザード音をいくつか数えたあとで、忍は問いかけた。

「誰に話したんですか」

「……両毛商事の専務だ」

意表を突かれた。てっきり、調査責任者である高浜教授に話したのかと思ったが、そうではないという。正直ノーマークだったので忍は軽く混乱した。

「文化活動にも積極的な会社で、埋蔵文化財に関するイベントでもよくスポンサーになってくれてた。食事に誘われて古墳の副葬品の話になったから、鈴鏡に関する案件を扱ってる話はした。だが世良田東照宮の話まではしていない」

　とはいえ酒の席だ。何で口を滑らすか、わかったものではない。

「ほかには」

「石原地区での学術発掘を計画しているというので意見を求められた。榛名山東麓の古墳時代の話をしたが、それだけだ」

「だが、あなたは天明年間に石原庚申塚古墳から九鈴鏡が出たことも知ってたはず。天明泥流で流されたことも。それが江戸で見つかったことも」

　ワイパーがフロントガラスに流れる雨をメトロノームのように払っていく。

九鈴鏡に関わることを微塵も話さなかった、と言い切る自信がないのか。

　ハンドルを両手で握ったまま、桑野は黙り込んでしまう。

「情報を持ってる人間は狙われるんです。一度狙われたら黙り通すことは至難の業だ。あなたたちもそうやって情報を握る人間を嗅ぎ分けるんでしょうけど、記者みたいな人間は一番利用され易いんです。守秘義務だなんだというけれど、知ってることを知らないと言って白を切り通すのは、真面目な人間にこそ難しい」

「あの窃盗事件には、両毛商事がかかわってるのか」

「両毛商事とはどんな会社なんですか」

「北関東で強い総合商社だ。明治創業。生糸で儲けた高屋敷家が昭和に手を広げて、県内にスーパーやドラッグストアやホテルまで持ってる」

「高屋敷！」

繋（つな）がった、と忍は思った。ようやく構図が見えた。

両毛商事の専務は、高屋敷慶三と言い、高屋敷史哉・乙哉兄弟の叔父（おじ）にあたるという。乙哉の経営する車用品販売チェーンにも出資しているらしい。

「西原無量が捕まったと言っていたが、なんのためだ」

「高屋敷は九鈴鏡を捜してるんです。無量に捜させるつもりだ」

「なんで彼に」

「後ろにコルドがいる。あいつら、無量を使えば間違いない、と思ってる」

「コルド？　海外の窃盗団か。日本にきてるのか」

短いバイブ音がした。スマホに立て続けに着信したメッセージを見て、忍はシートに頭を預けると、天井をあおいだ。

「……やられた。新田さんも捕まった」

榛名山の道路で清香のクルマが見つかったという。忍は桑野を見、

「世良田の話は本当に高屋敷にはしてないんですね。子持山の話も」

「ああ、神に誓ってそれだけは言ってない。違ってたら舌を抜いてもいい」

「無量は強要されて九鈴鏡を捜しだすはず。先回りして、僕たちが九鈴鏡を手に入れる必要がある。案内してくれますか」

わかった、と桑野はアクセルを踏み、車は泥をはねあげて道路へと飛び出していく。

一路、子持山へ走り出した。

＊

あたりは一面灰色の世界だった。

火砕流が下った後は色がなくなる、とミゲルが言っていたけれど、まさにそのとおりだ。

分厚い灰が積もった地面からは焦げ臭いにおいがする。ただの焦げ臭さとも違う。火山から流れ出た噴出物そのものの臭いなのか、硫黄なのか、草木なのか、生き物の肉なのか。正体のわからない臭気が、灰色の大地に満ちている。

無量はあたりを見渡した。

これが〝死〟の風景なのか。

耳を切る風の音がするだけだ。足の裏から煙があがる。鉄板の上で焼かれる肉のような臭いがする。見下ろすと、青い炎が足を包んでいる。

だが不思議と熱くは感じない。まるで肉体がないかのように。

それともここにいるのは、もう魂だけなのだろうか。

肉体はあの火砕流をまともにくらって、とうに焼けて朽ちてしまったのだろうか。

榛名山が見える。

まだ二ッ岳のあたりから赤黒い噴煙をあげている。噴火はやむ気配がない。山は荒ぶっている。炎を吐き出し、身も世もあらず叫び、身悶えている。

ふと、ひとの気配を感じて横を見ると、少し離れたところに甲を着た男が立っている。

無量と同じように榛名山を見つめている。

甲を着た男のそばには子供がひとり、その向こうには乳児を抱えた女もいる。

途方に暮れたように榛名山を見つめている。

なにもかもを失った。住処も牧も田畑も。みんな焼けた。もうここには住めない。

――九鈴鏡はどこですか。

無量は甲を着た男に問いかけた。

――九鈴鏡があれば、鎮められる。九鈴鏡はどこにあるんですか。

声は届いていないようだった。その姿は風に吹かれて、灰のように消えていってしまう。無量は右手を伸ばしたが、何もつかめない。

絶望を噛みしめるように右手を握りしめた。

これが〝死〟だ。人間。

おまえたちが手に入れたものなど、ほんの、ほんの一握の灰。

ひとなど、ただただ圧倒的な大地のほんの片隅に、ほんの数瞬、生かされているだけ。

だから祈るのだ。最後には祈るだけなのだ。

圧倒的な死の前に。

充満する焦げ臭さの中に、うっすらと花の香りを嗅ぎ取った。

振り返ると、もうひとり、人間がいる。

今度は女だ。長い黒髪を風になびかせ、勾玉の首飾りを首から提げている。衣には小さな鏡をつけていて、特に目を惹くのは、その頭に冠をかぶっていることだ。「出の字」形の冠につけられた小さな木ノ葉のような飾りが、風にシャラシャラと鳴る。

女は火山灰の混ざる風に吹かれて強い眼差しで榛名山を見つめている。右手には長い鉄剣を握り、地面に突き刺している。あれは巫女なのか。それとも——。

——九鈴鏡はどこですか。

無量は訊ねてみた。

すると、女はゆっくりとこちらを向き、鉄剣で、はるか北の方角を指し示したのだ。

榛名山のある西ではなく、赤城山のある東でもなく。

北にあるのは子持山だ。いや、北極星を指したのか？

女は無量を見て微笑み、うなずいた。

大丈夫、というように。

そこで目が覚めた。

無量は布団に横たわったまま天井を見上げて、しばらく動けなかった。あまりにも臨場感があったためだ。鼻にはまだ焦げ臭さが残る。疲労感がずっしりと体に残っている。

旅館の部屋にいる。

カーテンの向こうはまだ薄暗く、雨音がしていた。

夢に見たもくもくとあがる赤黒い噴煙、色を失った灰色の大地に佇む巫女。

あの巫女は誰だったのだろう。

無量は右手を見た。昨日現場で、出土した頭蓋骨を撫でた。その感触が残っている。

そのせいか。それで夢にまで見てしまったのか。

枕元にはご丁寧に新品の着替えまで用意してあった。Tシャツだけ着替え、顔を洗った無量は、襖を開けてドキリとした。

隣の部屋には清香がいる。

布団は畳んであり、座卓の前に正座して、外を見ている。凜とした横顔だ。

その横顔が、夢に出てきた巫女にそっくりだったのだ。

「おはよう。西原くん」

清香が巻き込まれてしまったことは、結果として、無量にとっていい方向に働いた。

気丈な清香は一度腹をくくったら、強い。

「こうなったら自力で九鈴鏡を見つけましょう。無事に帰るにはそれしかない」

「あいつらの言いなりになるんすか」

「西原くんの指をとられるよりはマシよ」

だが九鈴鏡の手がかりは赤城山で途絶えている。その先がわからない限り、手も足も出ない。

と、そのときだった。

無量の腰からバイブ音がして、うお！　と思わずのけぞった。ベルトループに降旗から取り付けられた位置検索用の発信器がついていたことを思い出した。

もしや、と窓から外を覗いてみると、石段の途中に傘をさしたスーツ姿の男がいて、こちらを見上げている。降旗だ。後を追ってきてくれたのだ。

しきりに何かを耳にあてるようなジェスチャーをしている。ワイヤレスイヤホンに似た発信器にはちゃんと通話機能までついていた。

『聞こえるか。西原くん』

「すごっすねコレ。でもよかった。スマホ取り上げられちゃったんで」

『百メートル以内なら通話できる。そちらの状況を教えてくれ』

無量は有り体に伝えた。降旗とお互いの情報を交換しあって、ようやく少し地に足がついた思いがした。

「忍が桑野記者とその神社に向かってるってのはわかりました。でも、どうすんすか。ほんとうに見つけちゃったら」

『君たちの身柄には替えられない。強心隊と交渉するよ』

「でも」

『反論を聞き入れるつもりはないよ。おとなしく助けを待っていてくれ。状況が動いたら、また連絡する』

通話はそこで切れた。

無量は慶三の言いなりになることを承服していない。清香がなだめた。

「いま必要なのは時間だと思う。言う通りにしましょう。西原くん」

朝食を済ますと、捜索を任された「馬場」という男がやってきた。戸倉家で暴れた半グレどもを率いていた、あの声のデカい男だ。強心隊の特攻隊長を自称する馬場は、見るからに屈強な体つきで、胸板の分厚さはまるで重量挙げの選手だ。

「昨日、おまえたちは太田に行ってたそうだな。鏡が世良田東照宮にあったというのは本当か」

無量はドキリとした。

誰にもそんな話はしていない。綾香とさくらから聞き出したのか？

「おまえたちが会ってた元神職から聞き出した。鏡を持ち出した村人は赤城山に向かったと。赤城山のどこにある」

どうやら行動は監視されていたらしい。手段を選ばない連中だ。きっと脅すようにして聞き出したに違いない。村田たちに迷惑をかけたことを無量は悔やんだ。

「知らない。それを調べようとしていた」

「そいつらの子孫の家に片っ端から押しかけてやるか」

「やめろ！　関係ない」

「なら言え。そいつらどこに隠した！」

「ちがうよ」

横から、清香が割って入った。

「その鏡は本物じゃない。それこそ囮（おとり）だよ。本物はね、左文字が隠したの」

馬場だけでなく無量も驚いて清香を見た。

「……なんだって。囮？」

「そう。左文字は用心に用心を重ねて、囮の鏡を世良田に持っていったの。本当の御神体は、左文字が渋川に隠したんです」

無量は混乱した。世良田東照宮に持ち込んだ鏡すら、囮だったというのか。

「左文字が本物を隠した場所を知っています」

なに！　と馬場が怒鳴った。

「それはどこだ！」

「〝浅間石の下〟です」

浅間石……？　と訊（き）き返す。

「〝まことの九鈴鏡と武人埴輪（はにわ）は、浅間石のもとに埋めたり〟――これが左文字に伝わる真の隠し場所」

「その浅間石はどこに」

「ひとつじゃない」

清香は研究者らしく抑揚を抑えた言い方をした。

「浅間石というのは、天明泥流で流れてきた巨大な岩塊や岩礫のことをいうの。この渋川の周りにも十数個、あるいはもっとあると言います。そのどれかのもとに埋めたようです」

「なら、どの浅間石かはわからないってのか！」

「残念ながら。左文字の先祖は、どの浅間石だとまでは言い残しませんでした」

「いい加減なことを言ってるんじゃないだろうな」

「いい加減なものですか。私は〝左文字最後の嫁〟大迫みどりの孫ですよ」

自分で名乗ってしまった。馬場も呆気にとられている。

「信じないなら調べてみるといい。私が誰か」

免許証まで差し出して堂々としたものだ。

「これから渋川中の浅間石を掘りにいきます。時間はかかるけど待てますよね」

馬場は部屋の外でしばらく協議していたが、戻ってきて無量たちに言った。

「いいだろう。捜せ」

「行きましょう。西原くん」

清香は支度を始めている。やけに確信に満ちた振る舞いだ。

これは演技なのか？　それとも本気なのか？　無量にも見分けられない。

馬場に用意させた発掘道具を車に積んで、伊香保の温泉街を後にした。

＊

たった一晩で、状況は大きく変わってしまった。

この日は土曜で発掘作業は休みだったが、萌絵はミゲルたちとともに棟方組の事務所へと向かい、棟方たちと合流した。

高屋敷乙哉が警察に捕まり、萌絵は無事に戻って来られたが、入れ違うように無量と清香が強心隊に連れていかれてしまった。今度は綾香とアルベルトが憔悴している。

と同時に、首謀者の正体も明らかになった。

高屋敷慶三。

強心隊を動かしていた張本人だ。

両毛商事の専務だが、若い頃は地元で愚連隊を組んで、そうとう暴れていたらしい。その名も「強心隊」だ。自分の先祖にあやかってつけたようだが、歴史上の強心隊にははなはだ迷惑な話だった。

経営に目覚めてからは敏腕を発揮したようだが、昔の愚連隊仲間との黒い繫がりも噂されている。

「そのひとがコルドに目を付けられたわけね……」

萌絵からしたら「またしても」だ。ヴォルフはまだ日本での出土品漁りを諦めていないようだ。

忍はおそらくコルドのブラックリスト入りしている。忍に邪魔されるのを恐れたヴォルフから指示を受けて、強心隊は警察に嘘のたれ込みをし、忍を陥れようとしたようだ。

「群馬新聞の駐車場でも襲われたって、相良さん言ってたけん、そいつらにずっとマークばされとったとやろな」

忍からは「桑野記者と子持山に向かう」と連絡があった。神社にある九鈴鏡を手に入れるつもりらしい。

「そんな必要ありません。西原くんの居場所はわかってるんでしょ？　今すぐ力ずくで救出します」

「俺も賛成たい。カチコミ上等！」

「ボクも行く！　カチコミ上等！」

立ち上がるミゲルとアルベルトを、棟方が慌てて止めた。

「ばか、相手は元愚連隊だぞ。おまえらがかなう相手じゃない。それに警察沙汰になったらこっちが発掘中止に追い込まれる」

「誘拐犯は向こうです」

「逆らえば現場を荒らすとも言われた」

棟方は戸倉家での騒ぎも目の当たりにしている。あんな荒っぽい「兵隊」どもと全面戦争になるのだけは避けたい。

「本島の時みだいに贋物の九鈴鏡を用意すんのはどうだべ？」

「さすがに時間が足りないかな。鏡には〝厳穂碑〟の〝削られた七文字〟も入ってるっていうし」

「そっか。わがらねえもんな」

突然、綾香が立ち上がった。

「申し訳ありません」

と言い、皆の前で深々と頭を下げるではないか。

「もとはといえば、私の母がかつて嫁いでいた家の話。こんな大事にさせてしまって、皆さんにはお詫びの言葉もございません」

「なに言ってんだ、綾ちゃん。おまえさんたちのせいじゃない。まして左文字さんの先祖のせいでもない。あのひとたちは必死に行動しただけだ。たまたま幕末にねじれた糸が、今にまで繋がってたってだけだよ」

「達雄さん。私、史哉に会ってきます」

綾香の申し出に、棟方は驚いた。

「史哉に会って、もうこんなことやめるように説得します」

――お互い過去のことを清算するいい機会だとは思わないか。

あの電話をよこしたのは「史哉」だ。

彼も関わっているにちがいないからだ。

「でも高屋敷には強心隊が」

「わかってる。でも史哉の事故は私のせいでもある。私が史哉に達雄さんとのラストレースを勧めたの。達雄さんと峠に未練があったあのひとに、断ち切るためのレースを勧めたのは私。私にも責任があるのよ」

史哉の背中を押したこと、本当はずっと悔いていた。ラストレースは史哉だけでなく自分たちが前に進むための区切りなのだと思い、青春をかけた峠に別れを告げて、それぞれの道へと踏み出すはずだった。事故と隣り合わせなのは常に承知していたはずなのに割りきろうとしても割りきれなかった。今日までずっと胸につかえていたのだ。

「あの人がずっと恨みを抱えていたというなら、私がその恨みを受け止めてくる」

棟方は反対しなかった。気持ちは同じだったからだ。

「俺もいこう」

「あなたはだめ」

「なら、私がお伴します」

萌絵が申し出た。

「綾香さんの護衛です。西原くんのことも心配だけど、降旗さんがついてるというし。西原くんならきっと大丈夫。信じます」

そうか、と棟方は言った。

「なら綾ちゃんをよろしく頼む」

遠くで雷の音が聞こえる。雨はまだ降り続いている。

＊

ワゴン車に乗せられた後も、無量は内心、半信半疑でいた。

清香が「世良田東照宮に持ち込んだ鏡は贋物」だと言い出した。本物は左文字が地元に隠したのだと。……まさか、それが「本当の言い伝え」なのか？

無量と清香がやってきたのは、ふたつめの浅間石があるところだった。

ワゴン車はＪＲ吾妻（あがつま）線の線路を越えて、畑の中をしばらく進んでいく。上越（じょうえつ）新幹線の高架橋の下で車は停まった。見上げると、遥（はる）か頭上を新幹線の高架橋が覆っている。ビルのようにそびえたつ橋脚の高さは、無量の家の近所にある在来線の二、三倍はありそうだ。

雨が小降りになってきた。

その浅間石は、高架の真下から、ほんの少しだけ西側にずれたところにあった。

「……〝金島（かなしま）の浅間石〟」

巨大な岩塊だ。

高さ四メートル、幅は十五メートルもあるという。

黒ずんでいて、ゴツゴツとした表面はいかにも火山でできた安山岩だ。表面には雑草が生えて、盆栽のような味わいもある。

そばに近づいていった無量は、その重量感に圧倒されてしまった。

「こんなばかでかいもんが天明泥流で流れてきたんすか」

とても信じられない。浅間山からここまでは六十キロ以上ある。

清香も近づいてきた。

「常識からするととても水には浮きそうにない岩だけど、泥流にほんの数十センチ浸った状態で流れてきたらしいことがわかってるそう。火石とも言って、流れてきた時はとても熱くて、一ヶ月経っても、雨に降られると煙をあげてたって」

こんな浅間石が利根川沿いのあちこちにあったらしい。

草木が生い茂ってここからは見えないが、高架橋の先は吾妻川が流れている。少し下流には利根川との合流点がある。

今は畑になっているこの一帯は、天明泥流で埋まった場所だった。

「ここにはかつて川嶋という村があって、渋川では最も被害が大きかった場所なの。近くに甲波宿禰神社があって泥流で流されたんだけど、御神体が下総の真間で見つかったそう。その後、戻されて今は高台に再建された」

「このあたりは泥流どれくらい堆積したんすか」

「二メートルくらいね。二メートル下に、当時の村がパックされてるわけ」

無量は浅間石のそばにしゃがみこんで、じっと見つめた。

その下にあった暮らしに思いを馳せるように。

「大変な災害だったんすね」

「……助け合いもあったんだよ。泥流がきた日の夜は一晩中、地元のひとたちが松明をもやして、上流から流されてきたひとを九十三人も助けたんですって。三人は亡くなったけど、残りは無事、自分の村に戻れたって」

清香は生還した人々に自分の身の上が重なるのだろう。遠い目をして、

「自分の命は助かっても、村に帰ったら家族がみんないなくなっていたひともいたでしょうね……」

清香は幼い頃、自宅が土砂崩れで潰され、父親と祖父を亡くしている。助かっても手放しには喜べなかった。生き残ったからこそ味わった悲しみがある。肉親を友人を、それまでの暮らしを根こそぎ失った。清香にはその痛みが理解できるのだろう。

馬場たちがスコップを持ってきた。

「おい。なにしてる。早く掘れ」

と押しつけてくる。無量はキッと睨み、

「いま大事な話してるんすよ。あんたらは向こうに行っててくださいよ」

凄まれて、屈強な馬場も気圧されてしまった。

「おまえら逃げようなんて思うなよ。後ろから銃で狙ってるからな」

無量が追い払ったのを見て、その気遣いが嬉しかったのか、清香は微笑んだ。

「――でもレスキュー隊のひとたちには本当に感謝してるの。瓦礫の中から私を抱き上げてくれた隊員さんの、泥で真っ黒になった笑顔は、一生忘れない」

あたりは畑ばかりだ。

この一帯の低位段丘部分はすべて泥流に埋まった。

「なんか、やけに静かっすね。物寂しいっていうか、荒涼としてるっていうか、あの高架橋のせいかな」

唐突に現れるコンクリートの巨大人工物が、周りの景色と溶け合わず、違和感をおぼえるせいだろうか。廃墟に立つような空虚な感じが先ほどから拭えない。乾いた荒野の真ん中にいるような気分だ。

「不思議なんだけど、私もここにくるといつも方向感覚が狂うんだよね」

「そうなんすか？」

「渋川って、東に赤城、西に榛名、北に子持山ってすごく方角がわかりやすいでしょ。だけどここは、東に走ってるつもりが南に向かってたりして、たまに道に迷う」

「わかる気がするっす。独特の気配がするっていうか」

実際には、吾妻川がこの付近で大きく蛇行しているのと河岸段丘で見晴らしがきかないためと思われるが、無量はそれとも少し違う感覚をおぼえる。

泥流のせいなのだろうか。

無量は黒々とした岩を見つめている。その重量感と力強い存在感に圧倒される。火山岩が帯びる磁気で方位磁石が狂うこともある。浅間山で生まれた「火石」。噴火のエネルギーが詰まっているかのようだ。

右手を伸ばして、掌で岩肌に触れてみた。

無量は驚いた。

「熱っ」

え？　と清香が振り向いた。

「そんなはずは」

清香も慌てて触れてみたが、ひんやりとしている。夏の真っ昼間ならともかく、こんなに肌寒く、どんよりとした雨の日に岩が熱くなるはずもない。だが無量はおずおずと手を触れる。掌に集中して、奇妙な熱の正体を探ろうとしている。遠赤外線のような何かが掌から伝わって腕全体を熱くする。強い熱源を感じる。

これは溶岩の熱の名残なのか？　冷えてから間もない火山岩に触れると希にこんなふうに「余熱」を感じることがあるが、これはそういう類のものじゃない。

岩の奥のほうに心臓のようなものがあり、脈打っている感じがする。

まるで生き物だ。なんだ、これは。熱い心臓を持つ岩？　これが浅間石の正体？

「西原くん……？」

「……きこえる……」

無量が顔をあげた。そして、あたりに耳を澄ます。

湿った空気に覆われた、重い鉛色の雲の下、無量はあたりを振り仰いだ。今朝の夢に出てきた火山灰で埋め尽くされた大地に立っているような心地がした。

ふいに背中から何かに呼ばれた気がした。振り向いて、その一点を見つめる。浅間石から数歩離れたあたりだ。まるで野生動物のように身じろぎもせず、瞬きもせず、息を殺して見つめていたが――。

「……声だ……」

エンピを手にとると、そっと近づいていった。

「西原くん？　どうしたの、いきなり」

ざく、とエンピをさす。無量は無言で掘り始めた。

「だめだよ。ここは堆積物が厚くて遺構が出てくるのは二メートルも下……っ」

エンピから捨てられる土が赤みを帯びていることに清香も気づいた。これは、と思った時だ。無量の動きが止まった。エンピの先が何か硬いものにあたったのだ。二メートルも掘ってはいない。穴を掘り広げた無量は、やおら地面に膝（ひざ）をつき、穴の底の土を手でかいて、覗（のぞ）き込んだ。

土から顔を覗かせているのは、錆（さ）びて赤茶けた物体だ。

「茶釜（ちゃがま）……？」

割れてひしゃげた茶釜だ。泥流に流され、どこかの村から運ばれてきたものにちがいない。ほぼ原形を留めておらず、泥流の激しさを物語っている。揉まれて揉まれて、ぐしゃぐしゃになりながら、この場所に埋まって眠りについた被災遺物だった。

無量は放心している。プールの後、塞がっていた耳から水がとれ、聞こえる音が急に鮮明になる、あの感じだ。突然聴覚が戻ってきたような気がして、また顔をあげた。

――私はここにいるよ。

――私もここにいるよ。

なんてにぎやかな場所だ、ここは。あたかも無数の噴気孔じゃないか。

空虚な場所なんかじゃない。まるでお祭だ。ここにはたくさんの遺物が埋まっている。それらを使っていた二百年以上前の農村の人々の暮らしが――その気配がたちのぼる。夕立が去ったばかりの真夏のアスファルトのように、江戸時代の人々の匂いが。

「西原くん！」

清香に呼びかけられて、無量は我にかえった。

「どうしたの？　大丈夫？」

馬場たちが「鏡が出たのか」と慌てて駆け寄ってきた。穴を覗き込んだが、壊れた茶釜だとはわからず、これがお宝なのかと騒然としている。

ここにきてやっと、無量は清香の意図に気づいた。そういうことだったのかと。

「ここじゃないっすね」

馬場たちに言った。

「他の浅間石だな。あんたら地元なんでしょ。ありったけ調べてくださいよ、浅間石。いくらでも捜しにいきますよ」

＊

忍と桑野記者がやってきたのは、子持山の北側にある山村だった。

子持山は渋川の市街地から見ると、吾妻川を挟んだ対岸にある。

このあたりは越後へと抜ける三国街道が通っていて、宿場町も多い。訪れた集落は利根川の左岸にあり、古い神社や寺などが残る地区だった。

雨は小降りになっている。

畑の横の細い道をあがっていくと、青い屋根の農家があった。

「おや、記者さん。また来なすったのかね」

迎えたのは、星野という年配男性だった。農作業着に首からタオルをかけている。雨が上がってきたので畑に出て草取りをしていたところだった。

「武尊神社にまた用かい？　熱心だね」

集落の外れにある神社だ。専従の宮司はおらず、皆で持ち回りで管理しているという。社殿の扉の鍵を持ってきて、案内してくれた。

軽トラがやっと通れるほどの細い山道をあがっていくと、古い社が見えてきた。

横長の木造のお堂だ。石段をあがり、格子戸から覗き込むと、中にいくつか小さな社殿が並んでいる。

「ん……？　あれ？　鍵閉め忘れたかな？」

　ぶつぶつ言いながら、星野が扉を開ける。忍たちも靴を脱ぎ、中に入った。

　湿った木のどこか懐かしい匂いがする。暗い堂内には小さな社殿が五つ並び、太鼓や床几が隅に寄せられている。古い扁額には昔の氏子たちの名前が並んでいる。

　神輿に載せられるくらいの小さな社殿だ。ドールハウスを思わせる小社には、武尊神社、諏訪神社、榛名神社……と札が立てかけてある。複数の神社から勧請したものをまとめて合祀するお堂だった。

　暗くてよく見えないが、武尊神社と諏訪神社の後ろにもうひとつ、小さな御社がある。

「あの中だ。例の鏡があるのは」

　桑野記者が耳打ちした。忍の顔も心なしか緊張した。

　星野が柏手を打って拝礼し、奥の御社の扉を開けた。鏡らしきものがある。色褪せた錦の袋が掛けられている。

　これが九鈴鏡か？

「写真を撮ってもいいですけど、絶対に袋をとってはいけませんよ」

　星野は、外で待ってますから、と出ていった。桑野が忍にこわごわ確認をとる。

「おい、本当にやるのか？」

「……安心してください。中を見ても、祟られるのは僕ひとりですから」

と言うと、忍が手を伸ばし、袋のかかった御神境を持ち上げた。袋の上から、そっと鏡の縁を手でなぞった忍の表情が急変した。

袋を引き剝がすようにして取った。

「おい……！　って、あれ？」

桑野も目を疑った。

「鈴鏡じゃない！」

そこにあったのは普通の御神鏡だ。青銅鏡だが、鈴はひとつもついていない。

忍は険しい表情になった。桑野は動揺し、

「どういうことだ……。あの言い伝えは間違っていたのか。博徒が持ってたのは鈴鏡ではなく、普通の鏡だったというのか」

それとも、すでに「幕軍の敗残兵」が引き取っていったとでも？

「いや」

と忍は足元にしゃがみ込んだ。床が汚れている。

「足跡だ」

暗くてよく見えなかったが、靴跡がある。忍はスマホのライトで床を照らした。入口から物色したような足跡が残っている。泥がついていて、指で触れるとまだ半乾きだ。しまった、と忍は舌打ちした。

「人数はふたり。完全に乾ききってないところを見ると、二、三時間前ってところか」

「まさか、持ってかれた？」

鍵も開いていた。誰かが忍び込んで持っていったとしか思えない。

「ばかいうな！　博徒の鈴鏡がここにあることを知ってるのは、集落の人間くらいだぞ。しかもこのタイミングで！」

誰かが忍たちの先回りをしたというのか。

だが、桑野清十郎たちのエピソードと博徒の鈴鏡エピソード、両方を知っていなければ、ここにたどり着くことはできないはずだ。それを把握できていたのは桑野だけだ。

忍はハッとした。

「印籠」

すぐにお堂から飛び出して、外にいた星野に声をかけた。

「星野さん、印籠を見せてもらえますか。幕軍の兵が残していったという印籠を」

「印籠？　ああ、いいよ。ついておいで」

星野の家に戻って問題の印籠を見せてもらった。十曜紋が入った印籠だ。ひっくり返してみると、底に朱文字で名前らしきものが記されている。

〝戸倉平八郎〟

忍は目を瞠った。

第五章　厳穂御魂

新田綾香と萌絵が車を降りる頃には、もう傘もいらないくらいには雨も小降りになっていた。

高屋敷史哉の自宅は、赤城山の中腹にあった。

石垣で囲われたこんにゃく芋の段々畑に囲まれた、赤い屋根の古民家だ。緩い上り坂の道は眺めが良く、利根川を挟んで対岸の榛名山が南北に雄大な稜線を広げる姿がとても美しい。強心隊の子孫だから、萌絵も塀に囲まれた物々しいお屋敷を想像していたが、風よけの生け垣があるだけで、強心隊の男たちがいる気配もない。

「ご実家に戻ってたのね」

綾香は昔、一度だけ、訪れたことがあるという。

家業は酒や清涼飲料水を扱う卸会社だと言っていた。

祖父が両毛商事などを展開する高屋敷グループの会長。史哉の父は次男で、父が営む会社は高崎や前橋の飲食店やホテル・旅館に商品を卸しており、百人近い従業員を抱えていた。

レーサーの道を絶たれた後、家業を継いだと聞いていたが、いまは社長職をひとに譲って、赤城山に引きこもった、と乙哉は言っていたという。

家には、妻がいた。

勝ち気な綾香とは正反対の、目元が柔らかい穏やかな雰囲気の女性だった。突然の訪問を訝しむでもなく、ごく自然に振る舞って、ふたりを家にあげた。

通されたのは、日当たりのいい洋間だ。窓から榛名山が見える。

綾香の表情が緊張している。史哉と再会するのは、二十数年ぶりだという。ただでさえ、あんな恨みがましい電話を受けた後だ。萌絵ですら、どんな恨み言をぶつけられるかと内心身構えていた。

史哉が現れた。

歩いている。車イスでなかったので、驚いた。

「久しぶりだね。綾ちゃん」

「史哉……さん」

予想外だった。面長の顔立ちに切れ長の眼。弟の乙哉とはあまり似ていない。立ち居振る舞いも水が流れるようで、見ていて心地のいいひとだと萌絵は感じた。

妻は萌絵たちを茶でもてなし、同席はしなかった。そのつつましさも、今の史哉がまとう静謐な空気とあっている。

あんな電話をかけてきた人間と、同一人物とは思えない。

「元気にしていたかい」

「ええ。その足は」

「義足にしたんだよ。いまの義足は性能がいいから、こうして歩けるようにもなった」

微笑みながら、頼もしそうに膝を叩く。それを見ただけで、綾香は胸がいっぱいになったのだろう。涙が滲んで、目が赤くなっている。

「会社をひとに任せたので、少し余裕ができてね。最近は地元の歴史を調べたりしてるんだ。古い神社をつぶさに記録して回ってる。足は不自由だが、今の俺にはこれくらいのペースがいいみたいだ。若い頃は『いかに速く走るか』しか頭になかったが……、これも綾ちゃんの影響だな」

「私の」

「前しか見てなかった俺に、後ろの景色を眺めることを教えてくれた。バックミラーに映る夕焼けがきれいなことを、教えてくれたのは、君だ」

綾香は感極まって、うつむいてしまう。言葉が出てこなくなった綾香に代わって、萌絵が言った。

「高屋敷史哉さんですね。亀石発掘派遣事務所の永倉と申します」

史哉の表情から笑みが消えた。真顔になって、

「……。君が、永倉さんか」

萌絵の表情は強ばっている。「人質」を取っていた張本人だ。

乙哉が捕まったことは警察から報せが来ているはずだが、油断できない。隣の部屋に強心隊が控えていることまで想定しながら、萌絵は言った。

「お話があって伺いました。あの電話のことで」

「電話」

「あなたが棟方さんにかけてきた脅しの電話です。九鈴鏡を差し出せ、と」

「俺が、達雄に？」

「とぼけないで」

涙をこらえて、綾香が史哉をキッと睨みつけた。

「昨日のことよ。達雄さんに償いをしろって言ったんでしょ。あの夜の事故で、レーサーとしての自分の未来を奪ったことを、許していない、償いに九鈴鏡を差し出せって」

史哉は険しい顔になった。

「俺が言ったのか？　そんなことを」

綾香と萌絵は思わず顔を見合わせた。

「あの脅迫電話はあなたじゃないの？」

なるほど、と史哉は腕組みをして、苦々しそうに眉間に皺を寄せた。

「そういうことか。乙哉のやつ」

「棟方さんを脅したのはあなたではなかったんですか。まさか弟があなたに化けて」

「そんなオレオレ詐欺みたいなやり口に騙されるなんて……。達雄のやつ、俺と弟の声の区別がつかないくらい耳が遠くなったのか？」

綾香と萌絵の表情に、にわかに光が差した。

事情を萌絵たちからつぶさに聞いて、史哉はようやく納得したようだった。

「この数日の騒ぎはそういうことか。叔父貴の兵隊たちが来たり、警察が来たり、とどめに武尊たちまで」

「武尊って……藤沢くんたちが来たんですか！」

「ゆうべ遅く、いきなりうちに押しかけてきた。もう何年も顔も見せてなかったのに」

「あの……、藤沢くんとはどのようなご関係なんですか？」

史哉は深く溜息をついた。

「異父弟。父ちがいの、弟だ」

萌絵は驚いた。ずいぶん年の離れた兄弟だ。

「お母さんが一緒で、ということは、お父さんが藤沢家の」

「ちがう。藤沢は母の旧姓だ。武尊と双葉は、藤沢の祖父に引き取られて、祖父の死後、戸倉家で育てられた」

父親の名前が出てこない。そういえば、戸倉も「(藤沢兄妹には) 複雑な家の事情がある」と言っていた。

「藤沢くんたちは昨夜、史哉さんのところに来て、何を」

「俺に頼み事をしてきた。だが、それは」

ガタガタ！　と玄関のほうで大きな物音がした。ほどなくして妻がしきりに史哉を呼んでいる声を聞き、驚いた三人は「何事か」と玄関に向かった。

広い玄関には、倒れ込むようにして小柄な若者とライダースジャケットを着た背の高い男がいる。

武尊と戸倉ではないか。

「おまえたち、どうした！　その怪我は！」

武尊は戸倉に支えられて、苦しそうに肩を上下させてあえいでいる。ふたりともどこかで雨に打たれたのか、服は濡れ、髪は額に張りつき、頬や目元に怪我まで負っている。

「史哉さん……手に入れたよ……。とうとう手に……」

「おまえ、まさか本当に、例の九鈴鏡を」

「ゆうべ約束しましたよね……。俺がコレを手に入れたら、あいつから拓本取り返すのに力貸してくれるって」

昨日よりも怪我がひどくなっている。誰かとまた乱闘になったのか、頬は赤黒く腫れ、脇腹を押さえて痛みに顔を歪めている。すぐに萌絵が駆け寄って怪我の具合を見た。

「永倉さん、なんであんたがここに……？」

「肋骨が折れてるのかも。早く病院に」

「病院なんか後でいい。それよりこれを確認してくれ」

肩にしょっていたリュックを史哉のほうに差し出す。受け取ると、ずしりと重い。ウレタンを敷き詰めたリュックの中に入っていたのは、タオルで何重にも包んだ物体だ。

その場で中を確認する。錦(にしき)の袋の中に、分厚い円盤のようなものが入っている。その縁の感触を手に感じて、萌絵は「まさか」と思った。

慎重に取りだした。思った通りだった。

「九鈴鏡！」

九つの鈴が周縁についた青銅鏡だった。

世良田東照宮から行方不明になっていたはずの、九鈴鏡か。

石原庚申塚古墳から出土した……！

「どこで手に入れたの！」

「子持山の武尊神社です」

答えたのは、戸倉のほうだった。こちらも顔に打撲傷を負い、口元に血が滲んでいる。

「……当家には戊辰戦争で死んだ先祖がいました。強心隊を脱退して箱館まで戦い抜いたひとでした。戦地から送られてきた遺品の中に、これが」

戸倉が胸ポケットから封筒を取り出し、中のものを史哉に差し出した。小さく折り畳まれた和紙だ。広げてみると、細い文字で、

〝吾妻照鏡(あづまてらすきよう)は子持の武尊神社に有り〟

そう記してある。愛用の小刀におみくじのようにくくりつけてあったという。

「もしかして、相良（さがら）さんが桑野（くわの）記者から聞いたっていう博徒の話。〝幕軍の敗残兵〟というのは、戸倉さんの」

灯台もと暗し、というやつだ。

戸倉はこの文（ふみ）の存在を知っていたが、今まで言い出すことができなかった。強心隊の行動に疑問を持っていたことと、これが左文字（さもんじ）が隠した九鈴鏡なのか、いまひとつ確信がもてなかったからだ。

だが、武尊が「高屋敷には二度と従わない」と決意したことで心が定まった。ようやく打ち明け、ふたりでその神社を捜索して、ついにこれを見つけた。

「ここに来る途中、あいつの兵隊に見つかってボコられかけたけど、鏡は守り通した」

武尊が誇らしげに言う。先ほどから「あいつ」を繰り返す。

「もしかして、あいつっていうのは」

「慶三（けいぞう）叔父さんだ」

史哉が代わりに答えた。

「武尊の、父親だ」

高屋敷慶三。今度の首謀者である男は、藤沢兄妹（きょうだい）の父親だったのだ。

だが、ふたりは高屋敷の戸籍には入っていない。あくまで婚外子であり、認知はされていたが、一緒に暮らしたことはない。

史哉の母と慶三の間にできた子供だ。慶三にも妻がいて、ふたりは不倫関係だった。史哉の両親はそれがきっかけですでに離婚しているが、その息子だという負い目が武尊にはずっとあり、高屋敷家から何事か要求があれば、断れない立場にあったという。

「だけど、こんなことはもう終わりだ。俺は強心隊から抜ける。あいつから〝厳穂碑〟の拓本を取り返し、俺が解読する。そして、あいつがずっと手に入れたがっていた〝厳穂神の御魂〟を俺が手に入れる。もう二度と俺たち兄妹や榛明流にデカイ面はさせない。だから力を貸してくれ。史哉さん！　俺は今まで一度だって、あんたたちに頼み事なんかしたことないだろ！」

「武尊……」

「あんたたち兄弟には、俺たちなんか目障りなんだろうけど、あいつとタメで向き合えるのは、あんたしかいないんだ。〝厳穂碑〟の拓本を取り返す、だから！」

「その必要はないわ」

突然、綾香が割って入ってきた。武尊は怪訝そうな顔をして、

「あなたは……？」

「あなたたちが捜していた左文字の縁の者。厳穂神社の赤天狗よ」

武尊たちはようやく気づいた。あの時の赤天狗面の女だ……！

「大迫みどりの娘、新田綾香。あなたたちが手に入れたがっている〝厳穂碑〟の拓本は、私も持っている」

武尊と戸倉は息を呑んだ。

「事情はよくわからないけど、あなたたちが強心隊の敵になるというなら、力を貸してもいい」

「左文字が……俺たちの味方に？」

綾香はうなずいた。

「幕末から続いてきた因縁も、この事件も、これで終わりにしましょう」

*

九鈴鏡を捜せ、と慶三に命じられた無量と清香が次にやってきたのは、真ん中に浅間石のある造成地だった。

利根川の河川敷から五百メートルほど離れた場所にあり、少し前までは畑だったという。建築計画の立て看板があり、空き地の真ん中には幅五メートルほどの浅間石が取り残されたように鎮座していた。

ワゴン車から降りてきた無量と清香は、草の生えた巨大な岩礫を眺めていた。

「ここ結構、川から離れてますよね。こんなとこまで泥流がきてたんすか？」

「このあたりは一番泥流が広がったところだからね。川から一キロくらいのところまで浸かったって」

利根川と吾妻川の合流地点より下流だ。流れ込む水量が増えて大きく氾濫したのだろう。利根川の上流にまで逆流したらしいから、その勢いたるや推して知るべしだ。

「浅間石も昔はもっと沢山残ってたみたいだけど、邪魔だからと壊されたり、持っていかれて庭石にされたりで、だいぶ減ったって」

「てことは、目印になる浅間石自体がどっか行っちゃってる可能性もあるんすか」

わざと馬場の耳に届くように言うと、馬場は「ふざけんな」と怒鳴った。

「目印がなけりゃ見つけられねーじゃねえか！」

「そっすねえ。そうなったらお手上げっすね」

「どうにかして見つけろ！」

無量は耳を塞ぎながら、岩に近づいてきてスコップを土に立てた。

「……このへんも、にぎやかそうだな」

あたりは麦畑が広がっている。風に穂がさわさわと揺れている。空はすっかり晴れて、気温も上がってきた。立っているだけで汗ばむくらいだ。泥流で流されてきた生活用具がここにもたくさん埋まっていそうだ。清香によれば、このあたりは三メートルは堆積しているらしい。ここから銚子まで流れ着いて助かった村人もいる。

「地権者さんの許可はとってますよねえ」

と馬場に声をかけると、

「そんなもん取っとらん。勝手にやれ」

「ちょっと。地権者さんの許可なく掘ったら怒られるんすよ。あんたたちが依頼人なんだから、許可とってきてくださいよ」

「なんか言われても黙らせる。だから早くやれ！」

「はいはい」

九鈴鏡がないことは、わかっている。

だが無量は不思議とやる気に満ちている。「金島の浅間石」で遺物を掘り当てられたことで「呼ばれている」という感覚が戻ってきたような気がしたのだ。

気のせいかもしれない。さっきのはまぐれで、単に泥流をかぶって遺物の出やすい場所だっただけかもしれない。それでも見つけてみたいと思った。思うようになった。もう、掘るのが怖いなどとは感じない。

怖さより、子供の頃、夢中で化石を掘っていた時のように「見つけてみたい」という気持ちが膨らんでいる。これは「最初の気持ち」だ。

見つけるという行為の虜になった、あの頃のまっさらな気持ちだ。

――かくれんぼなの。化石がおれを呼んでるの。

鬼は鬼でも〝かくれんぼの鬼〟の気持ちだ。土の中で息を潜めているものたちを、ただ無邪気に見つけて回りたくて、体がうずうずしている。

誰に強要されたわけでも、仕事だからでもない。呼ばれているからだ。

目星をつけて、土にスコップを差し込む。

それが合図だったかのように、ど派手な排気音が聞こえてきた。

走り屋仕様のクルマが、次々とこちらに向かって勢いよく飛び込んでくる。

「おわ！　なんだ！」

「あれは……！」

突然現れた三台のクルマが無量たちのいる浅間石の周りを猛スピードで回り始めた。どれも国産のスポーツ車たちだ。GT－Rを先頭にRX－7、ランサーエボリューション。それらが目の前でぬかるみの泥を激しく巻き上げながら、めまぐるしくドリフトをしまくり、馬場たちは混乱して右往左往してしまう。

「なんだ、こいつら！　おい、やめろ！」

排気音が凄まじくて、声はかき消されてしまう。激しくタイヤを横滑りさせながら回り続ける旧車たちは全く止まろうとしない。無量たちの目の前で、馬力のある旧車たちが猛然とターンを決め続ける姿はど迫力で、派手に飛び散った泥水をまともにかぶった馬場は圧倒されてとうとう尻餅をついてしまう。無量たちも立ち尽くしていると、そのうちの一台がふたりの前に急停止した。窓からは島田が顔を覗かせている。

「乗れ！」

無量と清香が急いで前と後ろに乗り込んだ。

「あ！　てめーら、なにしてやがる！　……うお！」

駆け寄りかけた馬場の鼻先をGT－Rの四つ玉テールがかすめて、視界を遮った。

棟方が顔を出している。

「悪いな、兄さん！　……回収完了！　戻るぞ！」

クルマたちは一斉に空き地から道路へと飛び出していく。

「おい！　なにしてる、追え！　追ええええっ！」

後からワゴン車が追いかけてきたが、追いつけるはずもない。棟方組のクルマは一列になって畑の真ん中の道を猛然と逃げ、あっというまに姿が見えなくなってしまった。

「待たせたな、清香！」

「ありがとうございます！　来てくれるって信じてました」

無量は度肝を抜かれている。なんという救出方法だ。わかってはいたが、とんでもない連中だ。決して広くもない空き地で三台が一斉にドリフトしながら、ぶつかりもせず回り続けるなど、そんじょそこらのドライバーにできる技ではない。チームワークの賜物だ。

「首尾良くいきましたね、棟方さん！」

「おう！　これが棟方組の底力だ！」

無量たちを救出した三台は、棟方組の事務所に戻ってきた。

「西原さん！」

さくらとミゲルとアルベルトが帰りを待ち詫びていた。

「サヤカ！　よかった、無事で！」

アルベルトは泣いて清香を抱きしめる。ひとり拗ねているのはミゲルだ。

「心配かけたな、ミゲル」

「ふん。俺の出番のなくなったったったい」

少し遅れて降旗の車も着いた。

この男が移動先を逐一把握していてくれたおかげで、棟方たちは救出作戦をたてることができたのだ。

「改めまして、宮内庁の降旗です」

「棟方組社長、棟方達雄です。ご協力ありがとうございました。……しかし西原くんたちとは、いったいどういう関係で？」

これには一言で答えられる言葉が見つからない。

「いざってときに現れるお助けマンだべ」

さくらがそう言うので、そういうことにしておいた。

「それにしても、浅間石の下に九鈴鏡が埋まってるって、全部作戦だったんすね」

清香の機転が功を奏した。迫真の演技で、無量まで騙されるところだった。清香は
「ごめんね」と言い、

「浅間石ならたくさんあるから、特定できないし時間稼ぎになるでしょ」

ふたりが浅間石を巡っていることが降旗経由で伝われば、棟方たちは必ずあの場所で待ち伏せしてくれる。そう期待しての「浅間石」でもあった。

「ところで忍のほうはどうなってます？」

噂をすれば影、とばかりに、ほどなくして、忍が桑野記者の車で事務所に到着した。

無量の姿を見ると、破顔して駆け寄ってきた。

「無事だったか、無量！」

「心配かけてごめん。おまえのほうこそ、警察に連れてかれたり、大変だったな」

「ああ、すまん。なんとか解放してもらえたよ。怪我はないか」

「棟方組のみんなが助けてくれた。忍にも見せたかったたな。棟方組のど迫力のドリフト」

桑野記者からも経緯を聞いた。子持山の九鈴鏡に話が及ぶと、

「誰かが先回りしていた。タッチの差で持ってかれた形跡があったよ」

「持ってかれたって、ヴォルフに？」

「わからない。だが、だとすると取り戻すのは至難だな」

九鈴鏡は今回の発掘調査での出土遺物ではない。警察に届けるかどうかは武尊神社の氏子たちが決めることだし、千両箱が取り戻せた以上、無量たちがどこまで首を突っ込むべきかは、線引きが難しい。

「でもほっといたら海外に売りとばされるぞ。今ならまだ取り戻せる」

「だが、棟方組のみんなをこれ以上巻き込むわけにはいかない」

幕末の知られざる歴史を証明する文化財であることには変わりない。

「いや、そういうことなら、俺たちも手をかすぞ」

上州の男たちは侠気があある。棟方は言った。

「あの千両箱の中身とも無関係じゃないんだろ。それに天明泥流の貴重な証拠遺物だぞ。そんな文化財を海外に流出させたら、俺たちのほうこそ死んでも死にきれん」

「でも相手が相手です。危険すぎる」

なかなか結論に辿り着けない。

その最中、一本の電話が入った。永倉萌絵からだった。

『西原くん？　本当に西原くんなの？　てことは無事に脱出できたんだね！』

なにはともあれ喜んだ。お互いの状況を伝え合った後で、

「なんだって！　九鈴鏡が見つかった？」

忍と桑野も顔を見合わせた。それは思いがけない朗報だった。

しかも、いま、実物が萌絵の目の前にあるという。

『いま、解読をしているところなのですが、知恵を借りたいので、相良さん、応援にきてもらえますか』

＊

思いもしない展開になっていた。

高屋敷史哉のもとで、新田綾香（赤天狗）と藤沢武尊（強心隊）は再び対面すること

になった。武尊たちは怪我の手当もそこそこに、九鈴鏡を確認することになった。

応接間のテーブルに置かれた九鈴鏡は、思いのほか、状態がいい。

天明泥流で武人埴輪とともに流されたが、その後、寛永寺に引き取られてからは余程大切に扱われていたのだろう。錆膨れも少なく、手入れも行き届いていたようで、周縁についたひとつひとつの鈴もとても美しい。

振ると、ちゃんと音もする。萌絵は感嘆の溜息をもらし、

「これが、日光東照宮にある御神体の九鈴鏡と、同じ鋳型からとられた鏡……というわけですか」

九鈴鏡は二面、現存することになる。「神君」家康の御神体と全く同じ姿形をした双子鏡というわけだ。そんなものが流れてきたら寛永寺も放置できなかっただろう。

神格化された家康は、将軍家ひいては徳川幕府にとって冒すことのできない権威の頂点であり、揺るぎない精神的支柱だったからだ。

「他にもあるかもしれないけど、同鋳型の青銅鏡が複数見つかるというだけでもすごいことです」

面径は二十センチ、後期倭鏡にしては大きい。鈴が九つも付くくらいだ。

問題の、鈕（紐を通す穴）のある裏側の紋様は、旋回式獣像鏡と呼ばれる形式だ。

「鳥のような獅子のような像ですね。周りには鋸歯文があります。でも方格銘はみられないし、文字らしきものはどこにも……」

史哉が大きなルーペを持ってきた。綿密に鏡の表面をみていく。

「ここに何か細い線で文字らしきものが書いてある」

鈕の周縁部だ。細筆で書いたかのような文字が、ぐるりと囲んでいる。

「きっとそれのことだ。でもなんて書いてあるんだろう」

そこへ呼び出された忍が到着した。もうひとり連れている。

「降旗さんも来てくれたんですか！　すごい。鬼に金棒！」

宮内庁書陵部図書課の職員。いまこの状況でこれほど頼りになる男もいない。

忍はそこにいた見慣れない若者ふたりに気がついた。いや、武尊とは一度、庚申塚古墳で会っている。というより襲われている。ここに九鈴鏡があるということは……。

「君たちだったのか。子持山の武尊神社からこれを勝手に持ち出したのは」

「そっちこそ、なんであそこにあったことを知ってるんだ？」

持ち出したのが武尊たちだったのはある意味幸運だった。忍は無事見つかって安堵する反面、彼らがこれを持ってヴォルフのもとに走っていたら、と思うと冷や汗が出る。

「……勝手に持ち出したことは謝る。用が済んだら返しにいく」

「当たり前だ。村の方には知らせておいたから、ちゃんと謝るんだぞ」

ルーペを覗き込んだ降旗は、右手でメモを取りながら、文字を読み取っていく。

「〝巌谷双山玄室有〟……」

全員が驚いて降旗を見た。

「読めたんですね！」

「ああ、読める。では〝厳穂碑〟のほうも読んでみましょう」

綾香はスマホを取りだした。〝厳穂碑〟の拓本を画像に収めてあるのを見て、武尊たちが前のめりになった。

「これが〝厳穂碑〟の拓本！　やはり左文字の家にも……」

八重樫も左文字も、榛名山麓でアズマテラスを祀っていた家で、家紋は十曜紋だ。藤沢と戸倉も同じ。つまり彼らはもともと同じ阿利真の末裔だったことになる。

昨日、無量たちと拓本を解読した時のメモを取りだして、見比べた。

「私たちに読めたのは、これが精一杯です。どうでしょうか」

「削られた部分は七文字か。やはりこれのようですね」

全員が固唾を呑んで解読を待つ。降旗はひとつひとつの文字をメモしながら〝厳穂碑〟を判読していく。

「どうですか。わかりますか」

「摩耗が激しくて判読できない部分も多いが、これは祝詞というよりも記定文だな」

「記定文？」

「阿利真氏がここでアズマテラスの神祀りを行った時のことを石碑に残したようだ。戊戌の年、鬼刀自と呼ばれる女を巫女にたて、厳穂嶺を鎮めるための神祀りを行ったらしい。その時に用いた祭具を記して、それらを納めた場所を書き残したものだ」

「納めた場所、ですか？」

「ああ、別に隠したつもりはなさそうだ。次に祭祀を行う時にそれらの祭具を使えるよう、後世に伝えておくための記録だな」

さすが降旗だ。だてに書陵部図書課に勤めてはいない。

「削られた七文字の前の文字は、おそらく〝厳穂御魂〟だ。そしてその後に続く文章は……〝巌谷双山玄室有〟」

萌絵は綾香と顔を見合わせた。

「〝巌谷〟〝双山〟〝玄室〟にアリ、でしょうか」

「玄室というのは古墳のことっぽいな」

忍もルーペの文字を覗き込んで言った。

「〝巌谷〟と〝双山〟はなんだろう。〝巌谷〟は地名のようにも思えるけど」

「いわおだに……岩尾谷のことか？」

史哉の言葉に、全員が注目した。

「知ってるんですか」

「榛名山の東の裾野にある地名だ。確か、そこにも古い小さな神社があった」

史哉は古い神社を調べるためのフィールドワークを重ねている。一度だけ、訪れたことがあるという。

榛名山の東の裾野には舌状にのびる尾根と谷がいくつもある。岩尾谷は若伊香保神社のある有馬地区から榛名山のほうにあがっていったところにある地区らしい。

「〝双山〟というのはなんだろう。二ッ岳？」

「手前にある水沢山もピークがふたつあるわ」

いや、と忍が顎に指を添えて言った。

「〝双山玄室〟……二つの山。もしかして――双円墳か？」

「双円墳は朝鮮半島の古墳形式だろう。日本にもひとつだけあるようだが」

「いや、石原庚申塚古墳を見て、無量が双円墳じゃないかって言っていた」

ばかな、と降旗が速攻否定しかけたが、いいえ、と綾香がさらに重ねた。

「このあたりには新羅から来た渡来人が多くいたの。積石塚の古墳とか馬具とか、朝鮮半島系の遺物が東日本で一番出土してる。双円墳があっても不思議じゃないんじゃ」

「つまり、岩尾谷にある双円墳の玄室に〝厳穂御魂〟なるものを収めたのか」

「古墳が埋葬施設ではなく埋納施設……とは、初めて聞くパターンだな」

待ってくれ、と狼狽した武尊が声をあげた。

「厳穂神の御魂は祝詞じゃないのか？　祭具のことを言ってるのか？」

「祭具。だとしたら、……剣？」

忍がふと思いついて口にした。

「日本の神話に出てくる剣にも〝御魂〟がつくものがある。〝布都御魂〟……神武天皇が日本を平定したときに用いたという神剣だ」

武尊は思い違いをしていたことに気づいた。慶三の求めていたものは「形なきもの」ではなく「形あるもの」だったのか。

「……もしかして、あいつが手に入れようとしているのは最初から……」

玄関の呼び鈴が軽やかに鳴って、緊迫したやりとりを遮った。

来客のようだ。

「誰だ、こんなときに」

史哉の妻が玄関に出ていった。やりとりをする声が聞こえて、バタバタと妻が急ぎ足で戻ってきた。

「総社の叔父様です！　慶三叔父様がおみえです！」

高屋敷慶三だ！

まずい。居合わせた者たちは全員泡を食って九鈴鏡をリュックに隠した。テーブルのメモも全て隠し終えたところに、慶三が入ってきた。間一髪だ。

「久しぶりだね。史哉くん」

革ジャケットをまとい、ティアドロップ形のサングラスをかけ、口の周りに髭を蓄えた初老の男だ。首肩まわりはよく鍛えられ、筋肉が隆起している。年齢よりも若く見えるのは身につけたシルバーアクセサリーのせいもある。往年のバンドマンのようだ。

渋い容姿に眼光鋭く、ギラギラとして覇気が半端ない。

「慶三叔父さん。突然、なんの御用ですか」

史哉は平静を装ったが、部屋に集まった顔ぶれを見れば、明らかに「平静」という状況ではない。若い男女の隣にはその母親世代と見える女性、スーツ姿の官僚めいたメガネの男もいれば、顔を腫らした男たちもいる。

中でも、誰よりも攻撃的に慶三を睨んでいるのは、武尊だ。

慶三はサングラスを外した。

「……おまえもいたのか、武尊。赤城の家には決して近づかないものと思っていたが」

武尊は天敵を前にした獣のような眼だ。すかさず史哉が、

「趣味で気が合って最近よく訪ねてきてくれてるんですよ。な？　武尊」

「なにしにきた」

精一杯の虚勢を張り、武尊は訊いた。

「こんなところまで、なにしにきた」

「休日に甥っ子の家へぶらりと遊びにきて何がおかしい。おまえこそ、その怪我はどうした。ずいぶん派手にやったじゃないか」

戸倉の家を強心隊に襲撃させたのは、この慶三だ。白々しく訊ねてくる慶三を、武尊は歯を剥いて唸る犬のように、鼻に皺を寄せて睨みつけている。

「ちょっと稽古に熱が入りすぎたんだ。そうだよな、武尊」

史哉のフォローも耳に入っていない。武尊は変わらず喧嘩腰だった。

「ちょうどいい。あんたにずっと言いたいことがあったんですよ」

「なんだ。あらたまって」

「俺は強心隊を脱ける。会社もやめる。榛明流はもう高屋敷の援助は受けない」

「どうした、突然」

慶三は真に受けなかった。

「俺の下を離れてどうやって暮らしてくんだ。援助もなしに道場が続けられると思うのか。妹はどうする」

「妹もいっしょだ。片品で戸倉たちと事業を立ち上げて自立する。もうあんたの使いっ走りはうんざりなんだよ。あんたらの無茶な経営の尻ぬぐいも、採算とれない店舗への嫌がらせも、銀行のご機嫌取りも、全部俺がやらされてきた。だけどもうたくさんだ。俺はあんたの家来でも奴隷でもない！」

慶三は酷薄な表情で聞いている。

「もうあんたのためには働かない。これきりだ。縁を切る」

「母親はどうなる。誰が借金まみれの藤沢家を助けてやれる」

「母さんは俺が養うし、借金は俺が働いて返す」

「世間知らずもいいところだ。それがままならないから俺に仕えていたんだろうが」

まるで意に介さず、慶三は言った。

「それよりアレはどこだ。もう手に入れているんだろ。さっさと引き渡せ」

武尊は睨み続ける。刃向かうことにも勇気がいるのか、小刻みに震えている。

慶三は冷ややかに見て、

「……。そうか。ならいい」

史哉を振り返った。

「そこにいるひとたちも趣味で気が合った方々かい？」

「史哉さんにはいつも御世話になっております」

忍がそつのない挨拶をした。慶三は忍の顔を不躾に観察したあとで、ひとりひとりの顔を記憶するように見まわした。

「なかなか個性の強い同好会だな」

「叔父さん。何か俺に用があったのでは？」

「いや。部下から妙な知らせが入ってね。この家に賽銭泥棒が逃げ込まなかったかな」

「賽銭泥棒？　なに言ってるんです。そんな物騒なものは見かけてませんよ」

「そうかい。ならいいんだが」

憲三は横目で武尊の足元にあるリュックをじっと見つめている。

緊張が走った。

が、慶三は何も言わなかった。

「……気のせいかな」

と言い、またサングラスをかけた。

「……そういえば、武尊。言い忘れていたが、例のドバイ出店の交渉には、双葉を連れていくことにした」

「なんだと？」

「近日中に出発する。まあ、だが、おまえがそのよく分からん主張を取り下げるのであれば、別の人間に行かせることを考えてやってもいい」

武尊は絶句している。

また来る、と言い残し、慶三は出ていった。

忍がレースカーテン越しに外を見る。慶三は高級スポーツ車に乗り込み、去っていったが、バイクが数台残っている。こちらを監視している。

「……どうやら気づかれましたね」

九鈴鏡がここにあることを確かめにきたようだ。

ここに来る途中、武尊たちが強心隊に捕まりかけて争った時に、どうやら九鈴鏡に気づかれたらしい。リュックをかばって手放そうとしなかったため、怪しまれたのだろう。この家に入ったのも見られていたようだ。

「どうしますか」

「あのひとたち戸倉さんの家を襲ったみたいに、きっとこの家にも踏み込んできます。ここに九鈴鏡を置いておくのは危険です」

だが持ち出すのはもっと危険だ。

どうしたらよいものか。

「ここから県の埋蔵文化財調査センターまでは、そんなに遠くなかったわよね」

綾香が史哉に訊ねた。

「ああ。ひたすら坂をおりていくだけだから、車なら十分もあれば」

「埋文(まいぶん)に持ち込みましょう。今日は開館日だし、あそこの保管庫ならたとえ強盗が入っても簡単には開けられない。私が運転する」

「でもあれだけの数がいたら」

「囮(おとり)を立てましょう」

萌絵が発案した。

「敵の目を引きつけるんです！」


それから三十分ほど経って、史哉の家にようやく動きがあった。

武尊と戸倉が玄関から出てきた。リュックを背負い、乗ってきた軽ワゴン車に乗り込むと、玄関先で史哉に見送られて走り出していった。

すると石垣の陰に隠れていたバイクが数台、勢いよく後を追っていく。

「……ついて来ましたね」

武尊の格好をしているのは、萌絵だ。武尊が着ていた服と帽子を借りてマスクをつけ、リュックを抱えて武尊になりきっていた。

「すっかり信じ込んでるみたいだね」

運転席にいる戸倉も、戸倉ではない。忍だ。ライダースジャケットを着てサングラスをかけ、髪型を真似た忍は、戸倉と背格好が似ていたので囮役を買って出た。

強心隊のバイクが執拗についてくる。そのうち囲むように横に並んできて、止まれと脅しながらドアを蹴り始めた。さらに前を塞いで車を止めようとしてくる。

「行儀の悪い連中め」

忍は急ハンドルを切った。いきなり蛇行して前のバイクを追い抜き、そのまま一気にアクセルを床まで踏み込んだ。急加速で突き放されたのに驚いたのか、バイクたちも慌ててついてくる。追っ手の目を自分たちに引きつける作戦だ。

「そろそろ綾香さんも出発した頃ですね。大丈夫でしょうか」

「彼女を誰だと思ってるんだい？　碓氷峠の下り最速だよ。走り出したらきっと一瞬だ。なら、こっちは大沼までヒルクライムといこう」

「ひ！」

カーブにさしかかり、忍がハンドルを切る。猛烈な横Gがかかってきて、萌絵の体はドアに押しつけられた。

「さ、相良さん、お手柔らかに！」

ふたりを乗せた車は、強心隊のバイクを引きつれて赤城山のヘアピンカーブを勢いよく登っていく。

ガスが晴れてきた赤城山からは、西に向き合う榛名山のきれいな裾野が見えてきた。

「そうか！　九鈴鏡は無事、埋文に持ち込めたんだな？　よくやった、綾ちゃん！」

棟方のもとに第一報が入った。

萌絵の囮作戦が功を奏し、綾香はその後、無事に九鈴鏡を埋文に「保護」してもらうことができた。


『二、三台追ってきてたけど、着いたら影も形もなかったわ。きっと遅かったのね』

一体どんな速さで下ってきたのか。清香たちには想像もつかない。

棟方から埋文の職員に事情を話してあったので、対応も早かった。ならず者たちが押しかけてくることに備えて、警察にも伝えたし、警備会社も動いたので、持っていかれる心配はほぼなくなった。

『相良くんたちが戻ってくるのを待って、今後の対応を話し合いましょう』

＊

棟方組にようやく全員が顔を揃えたのは、夕方だった。

無量たちカメケンと棟方組、降旗と桑野記者も同席した。

千両箱は回収、九鈴鏡も然るべきところにまずは預けることができたが、問題はまだ片付いたわけではなかった。

「厳穂御魂（いかほのみたま）。それが強心隊が狙っている真の目標ってことか」

はい、と答えたのは、藤沢武尊（ほたか）だ。病院で手当を受けた後、自らひとりで棟方組に現れた。

千両箱を盗んだ張本人は、強心隊の狙いを暴露したあとで、こう言った。

「少し前から高屋敷の持ってるスーパーに海外展開の話があって、その出資者がドバイの富裕層で熱心な日本通だった。しかも古墳時代の遺物に興味を示して、重文クラスの出土品を裏ルートで手に入れる方法を探してたらしい。仲介人を通して幕末の九鈴鏡捜しや東照宮の御神体の話をしたところ、出資者が食いついた。金に糸目はつけないとか言い出して」

「サウジの油田持ちか？　それはまた……」

「あいつはここぞとばかり、上毛（じょうもう）大の教授を巻き込んで、左文字の土地での発掘計画を立てさせた。そうして、まんまと千両箱を出土させたんだ」

つまり、高屋敷慶三が裏で糸を引いた発掘計画だったわけだ。

「金目当てかよ。たいそうなこと言ってたから教祖様にでもなる気かと思ってたわ」

「いや、教祖になろうとしてたこともある。スピリチュアル系の怪しいブログで、人を集めて詐欺紛いの会員制イベントを開いたりグッズを売ったりもしてた」

「いやだ。あんなギラギラした教祖」

「俺も祝詞（のりと）なんか手に入れてどうする気かとは思ってたが……」

武尊にも、慶三が「厳穂御魂」を欲しがる本当の理由はわかっていなかった。手土産にする九鈴鏡さえ手に入れば終わりかと思いきや、慶三がやけに厳穂碑の「削られた七文字」に執心していた理由は「厳穂御魂」が「形ある祭器」である可能性を、藤沢家の拓本から読み取っていたためか。

「法外な値段で石油王に売りつける気かな」

「つか、執念が異常だから、やっぱ自分が大権現になるためかも」

「……もし海外に持ち出すことが前提なら、ますます高屋敷に先に見つけられてはまずいんじゃないですか」

と忍が言うと、清香が「でも」と言い、

「高屋敷は私たちが〝厳穂碑〟を解読したことにまだ気づいてないはず。あいつらは九鈴鏡をその目で見ていないんだから、答えだってわからないはずよ」

「いや。ひとり、いる」

と、棟方が言った。

「史哉だ。史哉はその場に居合わせたんだろう？」

忍たちも言葉に詰まった。

高屋敷史哉はその場にいた。それどころか、巌谷がどこなのか、真っ先に気づいたのも史哉だ。

すかさず越智兄が言い返した。

「史哉さんが告げ口するっていうんすか。史哉さんは俺たちに協力してくれたんじゃないんすか！」

棟方は険しい顔で黙り込んでしまう。

「史哉さんはやっぱり棟方さんを恨んでなんかいなかったんすよ？　昨日の電話は乙哉が史哉さんのふりしてただけだったって言ってたじゃないですか！」

「昨日の電話が史哉でなくても、あれは史哉の本音だったかもしれない」

綾香たちに協力したからと言って、棟方への恨みがないとは言い切れない。腹いせに慶三へ告げ口することは、十分にあり得る。

「恨みがなくても、叔父に協力するかもしれない。あいつも高屋敷の身内だから」

「史哉を信じないの？」

綾香が硬い口調で言った。

「高屋敷史哉はそんな人間じゃない。たとえ達雄さんを恨んでいたとしても、間違っていると思うほうに荷担するようなひとじゃない」

「綾ちゃん」

「忘れてしまったの？　本当に忘れちゃったの？　史哉がどんな人間だったかは、あなたが一番わかってるはずでしょ。〝黒い双つ星〟の片割れだよ？」

それは走り屋だった頃、タッグを組んでいたふたりにつけられたあだなだった。

「史哉に恨まれているのが怖いのはよくわかるけど、罪の意識で、あのひとの本当の姿を見誤らないで」

　棟方は綾香の言葉を嚙みしめるように目をつぶっている。

　その横から、忍がそっと棟方の前にSDカードを差し出した。

「……これを警察に提出しなかったのは、史哉さんをかばおうとしたからですよね」

　棟方は驚いた。ドライブレコーダーの記録だ。机の引き出しに入れてあった。少し前に萌絵から受け取っていたが、史哉が黒幕だと思うと、やはりどうしても提出できなかったのだ。

「その想いがあるなら、相棒を信じてあげてはいかがですか」

　棟方は窓の外に視線を向け、駐車場の愛車を見下ろした。史哉が乗っていた愛車が重なった。双子のような黒いGT－Rは、お互いの分身のようでもあった。

　――どっちが勝っても恨みっこなしだぞ。

「………。そうだったな。史哉」

　だが、と棟方は社長の顔に戻り、

「緊急発掘をやるにしても関係各所への申請が必要だ。早くとも一週間はかかる」

　そのことですが、と無量が手をあげた。

「それ、俺たちにやらせてもらえませんか。カメケンでやります」

「おまえたちで、だと？」

「ええ。本格的な調査は無理っすけど、山歩きしてて、たまたま見つけたってのはアリなんじゃないすか」

ぽかん、としている棟方たちに、無量は強い眼差しで言った。

「やらせてほしいんすよ。俺にやらせてください」

＊

階段の下の自販機で飲み物を買っていた無量に、踊り場から声をかけて駆け寄ってきたのは萌絵だった。

「あー……やっと会えたあ。心配してたんだよ」

「お互い様。まさか入れ違いでこっちがさらわれるとはね」

取り出し口に落ちてきた缶コーヒーを萌絵に渡した。

「それより九鈴鏡のほうはホントに大丈夫なん？　埋文、強心隊に襲撃されたりしない？」

「それなら大丈夫。あの後ね、強心隊の追っ手を赤城山の上まで引きつけてね、道路から崖にリュックを投げ込んでやったの。今頃必死で捜してると思う」

「むごいことを……」

綾香のほうも追っ手をまいたから、本物の九鈴鏡が埋蔵文化財調査センターにあることすら、まだ気づいていないだろう。

「明日行くんでしょ、岩尾谷。大丈夫？」

「まだ自信はないんだけど」

金島の浅間石のそばで起きたことを打ち明けると、萌絵は「すごい」と驚いた。

「なんなんだろね、それ。火山のパワーで西原くんの野性が目覚めたとか？」

「右手まだ沈黙中だし、気のせいかもしんないけど、少なくとも茶釜は出せた。つか、もっと大事なこと思い出した。初心っていうのか」

土の中のものを見つけたい。見つけた時の快感をもっと味わいたい。

そういう素直な欲求が、硬く強ばっていた心に戻ってきたような気がしたのだ。

「〈鬼の手〉の変な衝動とかじゃなくてさ。やってみたいって素直に思ったの」

「そっか。なんか表情変わったもんね。こないだより柔らかくなった」

無量は慌てて自分の頬を撫でた。

「……ま、俺が駄目でもさくらがいるから、なんとかなるっしょ」

そんなふたりを、廊下の端から、忍と降旗が見ている。

昨日から無量に張り付いていた降旗は、お疲れモードだ。

「まったく。いいように扱き使ってくれたものだ……」

「すみません。でも助かりましたよ。本当に」

「〈革手袋〉の右手が使えなくなったというのは、本当だったようだな」

降旗が無量に渡したGPS発信器は、マイクにもなる。ヴォルフとのやりとりを無断

で聴いていた。忍は無機質な目になって、

「………。ではJKにそう報告してもらえますか」

「いや、まだだ。今日、浅間石のそばで何か掘り当ててた」

え？　と忍は返した。不発が続いているのではなかったのか？

「明日の発掘で確認させてもらう。それまで保留だ」

忍は不安になってきた。まさか、無量の右手は復活しつつあるのか？

「とりあえず先にホテルに戻らせてもらうよ。よもや二日連続で車中で夜を明かすことになるとは思わなかった」

珍しく降旗がヨレヨレになっている。忍もさすがに、ちょっと申し訳なくなってしまった。

「双葉！　おまえ今どこにいるんだ！」

緊迫した声が飛び込んできた。見ると、玄関ホールで武尊がスマホに向かって何か必死に呼びかけている。

「連れてかれたのか、あいつのとこに。総社の家に！」

耳をそばだてずとも聞こえた。スマホから漏れてくる女の声は泣きじゃくっている。

「待ってろ。俺がすぐに迎えに行く。ドバイになんか行かせない……！」

『来ちゃだめ！　お兄ちゃん、帰れなくなる！』

「関係ない！　あいつと刺し違えてでも、おまえを家に帰すから！」

電話を切った武尊は顔面蒼白になっている。

「いまのは君の妹……？」

ドキッと体を震わせて、忍を振り返った。武尊は怯えた顔をしている。

「妹さんがどこかに連れて行かれたのか？　君のお父さんか？」

「あ……あんたには関係ない」

「妹さんが無理矢理ドバイに連れて行かれそうなのか？　今度は何を要求された。話してくれ。理不尽な目に遭っているなら力になる」

武尊はわなわなと震えている。口ごもっているようにも見える。忍は気遣って、

「僕にもかつて、さんざんひとに理不尽を押しつけてくる義兄がいた。だから君の気持ちがよくわかる。妹さんを連れて行かれたんだな？」

「……このまま五日後の飛行機でドバイに連れて行くって言ってると」

あまりにも急な話だ。どう考えてもこれは武尊への圧力だ。刃向かえば、妹の自由を奪うぞ、という。

「そうされたくなければ、俺に強心隊へ戻れって。強心隊が明日行う岩尾谷の捜索に加われって。あいつ、厳穂御魂のありかを知ってる！」

「！　……どういうことだ」

九鈴鏡に刻まれた〝巌谷双山玄室有〟を知っているのは、自分たちだけだ。

なぜ、慶三たちに漏れた？　なぜ、御魂が岩尾谷にあると知っている？

「まさか……史哉さんが……」

武尊は葛藤(かっとう)している。忍は冷静な口調で諭し、

「強心隊には戻るな。君の決意が台無しになる。妹さんのことは僕が必ずなんとかする。君は棟方組にいるんだ。いいね」

武尊が悔し涙をこらえて深く頭を下げる。

榛名山に陽が落ちて、あたりは暗くなってきた。

夕闇にたなびく雲は、まるで火口の赤熱現象のように赤く焼けて滲(にじ)んでいる。

第六章　祈るが如く光らしめ

朝早い榛名山麓(さんろく)の谷には、うっすらとモヤがかかっていた。

岩尾谷にやってきた無量(むりょう)たちは、ハイカーの格好をしている。山歩きに来たグループという設定で、車から降りてきた。

「気をつけていってこいよ」

忍(しのぶ)に送り出されて、無量たちは歩き出した。

捜索隊はさくらとミゲル。護衛として降旗(ふるはた)もついてきた。案内役は清香(さやか)とアルベルトだ。火山マニアで山歩きが得意なアルベルトは地図読みの達人だ。等高線を睨(にら)みながら、うなった。

「双円墳か……。でも等高線を見る限り、この谷沿いにはふたこぶはないんだよなあ」

「そもそも古墳って平地に造るものじゃないの？　こんな山の中にわざわざ造るかな」

清香の疑問はもっともだ。平地にこんもりとした人工丘を造るのが一般的だからだ。

「置賜(おきたま)地方には山ん中さ前方後円墳、いっぱい造(つく)らってだ古墳群もあっさ」

さくらが証言した。無量も支持して、

「尾根を削ったりすれば、案外、大がかりな工事なしでも造れそうだ。双円にする動機もわかる気がする。ヒントはあの山」

指さしたのは、水沢山だ。頂上が羊の蹄（ひづめ）のような形をしている。

「二ツ岳も麓（ふもと）から見ると、ピークがふたつ。あの形はこの辺から見た榛名山の特徴だ」

「等高線上にないのはなんで？　何かで土に埋もれた？」

「土砂崩れとかかなあ。ただ、そうなると発見できる確率が低くなる。運良く石室が露出でもしてない限り」

「目で確かめるしかないね」

高屋敷史哉（たかやしきふみや）からもらった地図には「岩尾谷の古社」が記されている。手がかりがあると踏んで、まずそこを目指すことにした。

「あれでねえが？」

目の良いさくらが指さした。道路から斜面にあがる石段がある。

「あれが名もなき御社か」

ほんの数段の石段脇には石の樋（とい）があり、チョロチョロと清水が流れている。足の不自由な史哉でも、ここならあがってこられそうだった。

石段の上はささやかな削平地になっていて、苔（こけ）むした石祠（せきし）が並んでいる。

「神社というより祠（ほこら）だね」

さくらに借りたスマホで画像を送ると、待機中の忍と萌絵（もえ）がすぐに反応した。

『その祠、八重樫さんちの庭で見た祠に形がよく似てる。アズマテラスを祀ってるっていう。何か書かれてたりしない？　年号とか』

だいぶ摩耗しているが、後ろにまわってみると、苔が紋様のような形を浮かび上がらせている。

「十曜紋が彫られてる。例のアズマテラスの印か？」

阿利真の末裔ゆかりの祠である可能性が高まった。やはり「双山玄室」はこのあたりにあるのかもしれない。だが、しばらく歩いてもそれらしき遺構は見当たらない。

「二手に分かれて探そう。アルベルトさんたちとミゲルは水沢山方面。俺たちは尾根のほうだ」


一方、待機中の忍たちは道路の警戒に当たっている。岩尾谷の入口で通行車を見張り、強心隊が来るのを防ごうという作戦だ。ヘルメットと作業着に身を固めた忍と萌絵は、発掘用のバリケードを用意して工事を装い、通る車を一台一台チェックしている。

「棟方さん、そちらは異状ありませんか」

榛名山方面には棟方たちが同様に立って、通行車を警戒している。

『今のところは異状なしだ。本当に強心隊が掘りに来るのか？』

「警戒するに越したことはありません。ともかく怪しい車は近づけないことです」

心配ですね、と萌絵が言った。

「史哉さんが協力してるとしたら、もう先を越されてる可能性もあるかと」

「うん。それが一番怖いな」

「本当に史哉さんが伝えたんでしょうか。そんなことをする人には見えなかったけど」

萌絵はワゴン車の中で待機している武尊（ほたか）を、ちらり、と見る。武尊はパソコンのモニターで、棟方側の通行車両に強心隊が交ざっていないか生真面目にチェックしている。

「でも史哉さんの他に、あの場にいたメンバーで告げ口をするような人間は……」

「待てよ。ひとり、いる」

忍がふいに気がついた。

「あのひと、いまどこにいる？」

そこへ配送業者らしき大型トラックがやってきた。萌絵が交通整理のていで止めると、まじめそうな運転手が顔を出し、

「え？　工事？　まいったな。その先の霊園に荷物運ぶんだけど」

「あ、それでしたら入れます。どうぞ」

と言って通した。見送った忍が怪訝（けげん）な顔をした。

「あのトラック、白ナンバーだ。営業車じゃない」

萌絵も気づいて「追いますか」と言った。忍は棟方に電話を入れた。

「いま怪しいトラックが一台あがっていきました。チェックしてもらってもいいですか」

忍たちが慌ただしく動き出す中、無量たちは依然、山中を探して歩き回っている。樹

木が生い茂り、日の当たらない山林は昨日の雨でだいぶぬかるんでいて、歩きにくい。時折、斜面から小石が転がってくるのも気になった。

　さくらはしきりにあたりを見回していた。

「このあだり、ただの山の感じがしない。石の遺跡の中さ歩いでるみだいだ」

　さくらの勘は当たる。無量も同じようなことを感じていた。目に映る景色は鬱蒼とした森だが、奇妙なことに人工物の中を歩いているような気配がするのだ。

沢がある。昨日の降雨から一日経ってもまだそこそこ水量がある。

　ふと気になった無量が、覗き込んだ。横から降旗が、

「どうした。西原くん」

「この沢、なんか流れ方が変じゃないですか。不自然というか人工的というか」

「これ敷石に見える。U字の溝みだいだな。人の手が入ってるんでねが？」

　さくらも気がついた。水の流れ方を調整している痕跡がある。

「そういえば、この谷は貯水池が多い。この一帯は火山噴出物のせいで水はけがよすぎて、田んぼの水の確保が難しいと聞いた。麓に水を送るための施設か何かだろうか」

　無量は考え「少し辿っていっていいですか」と言った。

　三人は「溝」らしきものを辿っていく。すると、そこにまた石祠を見つけた。

「まただ。アズマテラスの」

「無量さん、見で！　ここ！」

足元に大きな岩が埋まっていることに気がついた。火山岩だ。浅間石に似ていて、どうやら榛名山の噴火で降ってきたか転がってきたかしたものらしい。

「加工痕がある」

ふたりで土に埋もれている部分を取り除き、加工痕の先を辿っていった無量たちは「あっ」と息を呑んだ。平らな岩の表面に溝が彫ってある。明らかに人が彫ったものだ。浅く彫られた穴から三方へと扇状に広がる、幾何学模様の溝だった。

「こがな岩、どっかで見たごどある。明日香村の酒船石だ」

奈良県明日香村にある飛鳥時代の石造物だ。近くからは石組溝や木樋などが発見されていて、一説では水に関する何らかの施設だと言われていた。

「つまりここも水の施設？　配水管かなにかってことか？」

「そうか！　阿利真公は〝垂水公〟！」

降旗の言葉に「何すかそれ」と無量が言うと、

「孝徳天皇の頃だ。都で干ばつが起こった。水不足になった難波宮に、阿利真公が高樋（懸け樋）を作って垂水から飲料水を引いた。その功績を讃え、孝徳帝から〝垂水公〟の名を賜ったと『新撰姓氏録』に記録がある。阿利真は水を司る氏族でもあったんだ」

「ということは」

「火を鎮めるには水をもってす。このあたりに噴火の祭祀施設もあるかもしれん」

無量はミゲルたちを電話で呼び戻した。さくらも石組溝の痕跡を探して、目を皿のようにして斜面を見る。無量も地形に集中した。

鈴の音のようなものが聞こえた気がしたのは、そのときだ。

石原庚申塚古墳でも聞いたような。

あれは――九鈴鏡の音？

「どうした、西原くん」

無量が先を歩き出す。少し行くと、涸（か）れ沢のような深くえぐれた場所に出た。戦国時代の山城の堀切に似ている。それが帯曲輪（おびぐるわ）のように巡っている。

足を止めた。一見、ただの斜面に見えるが、土の色がちがう。

「ふたこぶ……」

その斜面から、わずかに白いかたまりが顔を覗かせている。石のようだ。

近づいて土をどけると、ブロック塀みたいに加工されている。土が崩れた痕（あと）があり、

「……石室……？」

石組が露出していた。

その奥には、明らかに古墳時代のものではない加工物が見える。

どくん、と右手が拍動した。まるで鬼が息を吹き返したというように。

心臓が早鐘を打つ。見つけてしまった、という興奮と戦慄（せんりつ）で胸がバクバク鳴っている。

無量は息を呑んで、立ち竦（すく）んだ。

「――天海（てんかい）……」

後ろからさくらもあがってきた。

「無量さん！　……なんだべ、これ。焼却炉の扉？」

土の中に金属製の板が埋もれている。把手（とって）のようなものまで見える。とりついて土を払うと、銅板には紋様が入っている。大きな円の周りに小さな九つの円。

「十曜紋……だ」

それは古墳時代のものではない。江戸時代に作られた祠だ。

「榛名の……東照宮……っていうことか」

降旗がすぐにスマホで写真を撮り始めた。さくらも急いでフィールドノートに記録する。三人で手際よく最低限の測量を済ませ、さくらが「完了」サインを出した。

無量は把手に手を触れた。おそらく錆（さ）びているだろうから、開くことはないと思ったが、ギシッと軋（きし）みながらもわずかに動いたのだ。

力をこめて開けようとしたとき、頭上からパラッと小石が落ちてきた。ハッとした無量は手を止めた。

「どうした」

「ちょっと危ない感じがする。これ以上触れたら駄目だ。ここから先はちゃんとした発掘で……」

そこにアルベルトから電話がかかってきた。やけに切迫した声で、

『ムリョウ、さっきから斜面に時々砂が落ちてくる。このへんの土壌は雨を蓄えにくい

から地盤も緩くなりにくいはずなんだが、万一地滑りでも起こると危ないから一旦、撤退しよう』

「そっすね。一旦引き揚げて――」

「降旗さん！」

さくらの金切り声があがった。

驚いて振り返ると、降旗が首の付け根を押さえて地面に倒れ込んでいる。

「え……っ」

今度はさくらの悲鳴が上がった。顔をあげると、派手なシャツを着た四角い顔のマッチョ男が、さくらを後ろから抱えこんで口を塞いでいる。

強心隊の馬場ではないか。

「おまえらいつのまに……っ。さくらをはなせ！」

「うるせえ！　この野郎、まんまと逃げ出しやがって。まあ、いい。ここまで案内してくれたんだからなァッ」

警戒していたつもりだったが、遺構に集中していて隙が生まれたらしい。堀切状の溝に隠れていた仲間たちがあがってくる。手には金属バットや木刀を握っている。万事休すだ。さくらは必死にもがいているが、その細い腕では馬場の太い腕が剝がせない。

「ふーん、例の鏡はその中にあるんだな？」

「鏡はない」

「いいから、さっさと取りだせ！　じゃねえと、こいつの腕へし折るぞ！」

凄む馬場の背後に、いきなり大きな影が落ちてきた。

影は馬場の肩を掴んで振り返らせると、力まかせにその顔を殴りつけた。

「ミゲル！」

「あぶなかとこやったなあ、西原！」

斜面の上から飛びおりてきたミゲルは、顔の前で拳を固めている。

「ここは俺の出番やろ！」

強心隊の男たちが襲いかかってくる。ミゲルは大きな体を使って、突進してきた男を受け止め、引き剝がすように投げ飛ばした。無量はさくらを物陰に隠して盾になる。飛びかかってくる男たちをミゲルはちぎっては投げ、エルボーをかまし、地面に沈める。

「うらあああぁッ！」

「こいつ……ふざけんな！」

馬場がミゲルの後ろから飛びかかった。動きを封じられ、ミゲルは拳をくらってしまう。まずい、と無量が立ち上がりかけた時、倒れ込んでいた降旗が手元に落ちていた金属バットを掴み、馬場の腿めがけて後ろから容赦なくフルスイングした。

悲鳴をあげて馬場が転がった。目の色を変えた降旗の参戦で、輪を掛けて乱闘になった。大柄なミゲルと降旗に男たちが次々とかかってくる。鬼のように奮戦する。

ぱん！　と爆竹が弾けたような音がした。

全員ハッと動きを止めて、顔をあげた。

堀切の向こう側に、別の人影がある。

革ジャケットを着たひげ面の男だ。その後ろには、強心隊の男たちに捕まったアルベルトと清香がいた。

「高屋敷慶三（けいぞう）……」

「いい暴れっぷりだったな。若いの。これが見えるか。全員、手を頭の後ろで組んで、膝（ひざ）をつけ」

アルベルトと清香は頭の後ろから拳銃（けんじゅう）のようなものを突きつけられている。アルベルトは青い目を潤ませて顔を強（こわ）ばらせていた。

「ムリョウ……すまん……」

無量はミゲルたちと無念そうに目線を交わし、言う通りに膝をついた。

慶三はこちらに近づいてきて、石室の前に立ち、鋳銅製の扉を覗（のぞ）き込んだ。中央に十曜紋が彫られ、それが観音開きになっている。その重厚なつくりは、日光東照宮奥社の宝塔――家康（いえやす）の墓を思わせる。

「天海大僧正はここに厳穂御魂（いかほのみたま）を納めたのか」

おそらくこの場所には、もともと古墳時代に双円墳様式の「祭祀場」が作られていたのだろう。そこは鎮山忌具（いみぐ）の奉納場――榛名山を鎮めるために作られた特殊な石室だった。石原庚申塚古墳とも同じスタイルだったはずだ。

家康の九鈴鏡「榛名鏡」も元々はここにあり、祀られていたのかもしれない。だが阿利真氏が衰退し、伊香保神社から榛名神社に勢力が移ると、あの武人埴輪と厳穂御魂とともに榛名神社に持ち込まれた。それを天海僧正が手に入れた。

天海僧正はおそらく榛名山で〝厳穂の天狗〟との交流を持ったのだろう。

この鏡の正体を知り、厳穂御魂も手に入れ、東照大権現を生み出すための祭祀を執り行った。

そして御魂を再び榛名山に返すため、ここに祠を再建し、鎮山忌具として眠らせた。

「この江戸時代に作られた鋳銅製の扉が、なによりの証拠というわけか。……なるほど、藤沢の家に伝わる話は、眉唾ではなかったようだ」

慶三は扉の把手に手をかける。

やめなさい！　と叫んだのは、捕まっている清香だった。

「それを開けると榛名山が噴火する！　あなたも巻き添えをくうよ！」

慶三はチラッと見ただけで無視した。無量も声を張り上げ、

「ほんとっすよ！　天海に祟られますよ！　絶対やめたほうがいいっすよ！」

「祟られるべ！　榛名山の神が怒って、おめだち全員吹っ飛ばされっこで！」

「噴火したら、ここなんか火砕流で一呑みったい！　死んでもよかと⁉」

さくらもミゲルも一緒になって騒ぎ立てる。

「黙れ、ガキども！」

慶三が一喝した。雷が落ちたような迫力に全員思わず黙った。

慶三は構わず、力をこめて把手をひいた。鹿の啼くような軋み音を発しながら、扉はじりじりと開いていく。ライトをあてると、中には千両箱を長くしたような箱が横たわっている。奥行きがあり、まるでロッカーに入れられた長物だ。

慶三たちは三人がかりで石室に半身を潜り込ませて、取りだしていく。

「これは……」

長さ一メートルほどの大きな箱だ。細長い千両箱のような……。

「これが〈厳穂御魂〉か」

ぱらぱら、と頭上から小石が落ちてきた。慶三が顔をあげたその次の瞬間だった。

ズン！　という揺れが足元から突き上げて、全員、体が浮きそうになった。地鳴りとともに強い縦揺れが起こり、激しく地面が揺れた。

樹木がばさばさと揺れ、無量たちは身を竦ませた。揺れは一分ほど続き、ようやく収まったが、気味の悪い地震だった。

「ほら……。榛名山が怒ってる！」

「そんなばかなことが……、う！」

慶三たちの頭上の斜面から小石がピンポン球のように跳ねながら落ちてくる。ズズッという不気味な音が響いたかと思うと、上の斜面の樹木が一斉にこちらに倒れてきて、頭上の土砂が崩れてきたではないか。

土砂は慶三たちをまともに襲った。どどど、と音をあげ、崩落した斜面は、無量たちの目の前のものを勢いよく埋めていく。強心隊の男たちは悲鳴をあげる間もなく呑み込まれ、そこにいた清香たちまでも巻き込まれてしまった。

ほんの数秒の出来事だった。気がついた時には今まで慶三たちがいたところには山盛りの土が覆い被さり、そこへ名残のように小石がバラバラと落ちてくる。

「さ……清香さん……アルベルト」

無量たちは叫んだ。

「まずい！　おい、掘るぞ！」

持ち込んでいた発掘用スコップでただちに救出活動を始めた。血相を変えた無量たちカメケンチームは大急ぎで土を掘りまくる。埋もれていた男たちが次々と助け出される。酷い目に遭った、と泥だらけで這い出てくる。が、清香たちの姿がみえない。

「清香さん……！　アルベルト！」

悲鳴のような声で叫びながら、無量は一心不乱に掘った。土の中に青い上着が見えた。崩れた土砂からアルベルトの半身が出てきた。その胸の下には清香をかばっている。

無量たちが手で掻いて土を取り除くと、清香が目を開けた。意識がある。

すぐに自分をかばっている大きな体に気がついた。

「あるべると……？」

「おわ！」

清香に覆い被さったまま、ぴくり、とも動かない。

「アルベルト、……起きて。起きてよ、アルベルト！」

清香は叫んだ。幼い頃、土砂崩れに家を潰された時の記憶が脳の奥から噴き出した。

「やだよ、アルベルト！　死んじゃいやだ、起きて、起きてったら！　目を開けて！」

清香は泣き叫びながらアルベルトの体を揺さぶった。

「目を開けてよ、……父さん！」

ぴく、と顎が動いた。

アルベルトがゆっくりと青い瞳を開いた。焦点の合わない瞳で清香を見た。

青く澄んだ夏の空のような瞳だ。

「……だいじょぶ？　サヤカ」

小さく問いかけて、微笑んだ。

「だいじょぶだよ。ボクは死なないよ」

「アルベルト」

清香は子供のように声をあげて泣きながら抱きついた。土まみれになった清香の体をアルベルトも抱きしめ返した。

「これで全員か!?」

幸い救出が早かったのと土砂の量が思ったほど多くはなかったおかげで、まもなく全員助け出された。ただダメージは大きく意識はあるが立ち上がれない者もいる。すぐに消防に通報し、救急車を呼んだ。こうなっては遺物どころではない。

と、思ったのだが。

「慶三がいない」

土の下から助け出したはずなのに、気がつくと姿が見えない。

石室から取りだした長い箱も、ない。

「まさか」

斜面を這うように逃げていく姿が見えた。

「あいつ……っ」

降旗たちに現場を任せて、無量はすぐに後を追いかける。

「おい待て！　待てっつってんだよ！」

それに気づいた清香が「ミゲルくん！」と叫んで車のキーを投げてよこした。

「追いかけて！」

泥まみれの慶三は容れ物を担いで、木の根をまたぎながら急斜面を転がり落ちるような勢いで逃げていく。さっきまで首まで埋まっていたくせに、なんてしぶとい男だ。

「ミゲル！　忍たちに連絡しろ！　道、封鎖して絶対逃がすな！」

山中で異変が起きたことには忍たちも気づいていた。途中まで駆けつけていた忍とミゲルがばったり鉢合わせた。ミゲルは無量が追っていったほうを指さし、

「慶三が逃げた！　向こうの道路に向かってる」

「向こう、だと？」

忍はすぐに踵を返した。ふたりして飛ぶように斜面を駆け下りていると、今度は無量から連絡が入った。

『あいつ、クルマで逃げた！　銀色のスポーツカー。カントリークラブのほうに！』

「しまった。脇道か」

『すぐ追って！』

忍は萌絵の待つ場所まで戻ってきた。

「どうしたんですか！　上で何が」

「慶三が遺物を持って逃げた。すぐに追いかける！」

相良さん、こっち！　とミゲルが呼んでいる。清香のクルマに乗り込もうとしている。忍は「おまえはそっち」とミゲルを押しのけ、自分は運転席に乗り込んだ。ミゲルが助手席に乗ると、エンジンをかけるのももどかしく、数回空ぶかしして一気に飛び出していった。

「棟方さん、やつが逃げた。乗ってるのはシルバーのフェアレディZ。カントリークラブの脇道です！」

棟方たちの反応は早い。わかった、とスマホに答えるともう排気音がしている。

忍と棟方は慶三の後を追ったが、越智兄は別の道を行った。意外にも一番早く追いついたのは、越智のクルマだった。慶三のクルマに渋川伊香保線で合流した。

真後ろにぴたりとつく。車線を変えても突き放そうとしても、スッポン並に離れない。

だが長い坂道では馬力のある慶三のクルマが強い。そうこうするうちに棟方のクルマが追いついてきた。

「登りの速さじゃなか！」

助手席でミゲルがあ然としている。忍たちは見えなくならないようついていくのがやっとだ。

「早く前に出て、あいつを止めないと」

「ばってん相手はZったい。簡単に追いつけるわけが」

「狭い道に追い込むんだ。棟方さん聞こえますか」

電話はずっと繫がっている。

「やつの前に出られますか」

『いや。ばかっ速くて後ろにひっつくのがやっとだ。伊香保の坂は狭いしきついから、袋のねずみにできるかもしれんが、こっちも身動きとれんぞ』

ミゲルのスマホから越智の声が聞こえてきた。

『ビジセンの交差点でブロックするか？』

このあたりは忍も無量とクルマで走った。この先は渋川の街と温泉街に分かれるT字路だ。どっちで勝負をかけるか。忍は咄嗟に、

「温泉街に行かせてください。右折しそうになったらブロックを」

了解、と職人のように答えて越智はシフトチェンジした。

慶三はしつこい追っ手に苛ついている。右折して山を下ろうとしたが、越智のクルマに邪魔されて、思わず左に急ハンドルを切った。スキール音があがり、大きくリアを振って上り坂へと追い込まれた。その先には伊香保温泉の中心部がある。道が狭くて飛ばせないが、馬力に任せてぐんぐんあがっていく。かろうじて棟方がはりついているが、忍たちは引き離されてしまった。

「この先は四連ヘアピンたい」

「ドライバーの腕はコーナーで差が出る。棟方さんなら必ず前に出られる……！」

と、その時だ。脇道からもう一台、棟方と慶三の間に割り込んできた。

「あぶね！　なんだ、あのスイスポ。邪魔すっ気か！」

「あれは……っ」

ヘアピンカーブに三台で猛然と突っ込んでいく。

慶三の走りも速いが、猛追する後ろの二台がさらに速い。カーブごとに車間を詰めていき、三番目のカーブでついに青いクルマが目にも鮮やかなタイミングで内側をつき、慶三の前に出た。

「すごか！　あんな狭いとこからぶち抜いたぞ！」

慶三のクルマは二台に挟まれた。休日の朝で通行量が少ないとは言え、対向車もある峠道だ。慶三は抜きたがって何度も右に出るがそのたびに青いクルマにブロックされる。

「青のスイフト……。綾香さんのクルマだ！」

慶三は苛立っている。前を抜かせない上に、後ろにも車間ゼロでGT－Rが張り付いている。フラストレーションがクルマを暴れさせている。

「棟方さん、追い詰めすぎないで！　クラッシュしたら遺物が壊れる！」

わかってる！　と棟方が答える。

慶三は、だが、完全に頭に血が上っていた。強引に追い越しにかかった。が、そこに上からおりてきた対向車がいる。

驚いてハンドルを切った。あやうく正面衝突するところだ。

「ふざけるな！」

慶三は躍起になって激しいジグザグ走行で前に出ようとするが、ことごとく綾香にブロックされる。とうとう慶三がキレた。綾香のクルマにわざと鼻先をぶつけてきた。何度もつついて危険きわまりない。

「くそ、無理すんな、綾香！」

棟方が叫ぶと同時に、慶三に強くぶつけられ、綾香のクルマはスピンしてしまう。自分の前照灯を潰しながら慶三は闇雲に走り続ける。

「絶対逃がさん！」

棟方も追いすがる。そのときだ。

後ろからクルマが一台迫ってくる。猛烈に速い。

忍は目を疑った。

「あれは！」

黒いGT－Rだ。棟方と同じ年式の。

忍とミゲルも夢を見ているのかと思った。

二台のGT－Rが慶三を追い詰めていく。絶妙に息のあった駆け引きでブロックする。二台に挟まれた慶三のクルマはついにハンドル操作を誤って、ガードレールにぶつかって跳ね返されるようにスピンしてしまった。

そこに忍たちも追いついた。

慶三の高級スポーツ車は煙をあげている。運転席から這い出てきた慶三は、遺物の箱を抱え、走って逃げていく。忍とミゲルが追いかけ、ヤセオネ峠の給水塔の前でとうとう追いついた。

「もう逃がしませんよ」

忍たちに囲まれた慶三は、ガードレールを背にして悔しそうに息を切らしている。

「こんなことをしてただですむと思うのか」

「その箱を置いてください。手荒なまねはしたくない」

忍が冷徹に迫るが、慶三は往生際が悪い。まだワンチャンスを狙っているのか、箱を放そうとはしない。

引き返してきた棟方のクルマが駐車スペースに飛び込んできた。後から綾香と越智のクルマも追いついた。次々とクルマから降りてきて、慶三を取り囲む。

「おまえが高屋敷慶三だな」

そこへ、後から追いかけてきた萌絵の運転するワゴン車もようやく到着した。助手席から無量が降りてきて、後部座席からは藤沢武尊が杖を握って降りてきた。

追い詰められた慶三と、それを取り囲む忍たちを見て、武尊は状況を理解した。

「……ここまでだな。親父」

「こんなやつらに荷担するとは、馬鹿な真似をしたものだな。武尊。強心隊に戻ってくれれば、いずれは隊長の座はおまえのものだったのに」

「いらねーよ、そんなもん」

「俺が死んだ後、総社の家の財産も分けてもらえただろうに」

「いらねーっつってんだろ。俺が欲しかったのは自由だ。あんたと縁を切って二度と父親面させないことだ」

「くだらんな。おまえのその意地のせいで、妹は日本にいられなくなった」

武尊の表情がさっと変わった。

「双葉は今頃、成田に向かう車の中だ。あいにくだな、武尊。おまえが素直に九鈴鏡を渡していれば、兄妹離ればなれになることはなかっただろうに」

武尊が慶三の胸ぐらを摑んだ。

「双葉を連れていったのか！」

「今ならまだ間に合うぞ。電話一本入れれば、引き返してくるだろう。おまえ次第だ。こいつらを追い払って、このまま俺を行かせるなら、止めてやってもいい」

無量と忍たちも「まずいな」という表情で目線を交わす。追い詰められた武尊は屈辱に震えていたが、他に妹を引き留める術がない。思いつめて葛藤していたが、杖を握って棟方たちに向き直った。杖を構えるかに見えた武尊は、膝をついて、土下座した。

「武尊くん……」

「……すみません、棟方さん。……どうかこのまま、こいつを……」

そこにさっきの〝もう一台の黒いGT－R〟が戻ってきた。

無量たちの目の前へと滑るように入ってきて停まると、さっきまで咆哮を上げていたエンジンも止まった。運転席から降りてきたドライバーを見て、居合わせた全員が「あっ」と声をあげた。

「おまえ！」

高屋敷史哉だった。

地面に義足をついてシートから立ち上がった史哉は、昔と変わらない様子でGT－Rに寄り添っている。

「史哉！　おまえ、どうして……！」

史哉に促されて助手席から降りてきたのは、戸倉だ。

武尊は困惑している。

「史哉さん、戸倉。どうしてここに……」

慶三が、嘲笑うように言った。

「あいにくだったな、武尊。厳穂御魂の在処を俺に伝えたのは、そこにいる戸倉だよ」

「！」

「よりにもよって一番信頼していた兄弟子に裏切られるとは。滑稽だな！」

武尊は青ざめている。

「……本当なのか、戸倉」

「申し訳ありません。武尊様」

戸倉が深く頭を下げた。

「慶三氏に伝えたのは、この私です」

「どうして……」

戸倉は弁解しない。衝撃を受けている武尊に、史哉が代わりに語りかけた。

「……理由なんて、双葉を助けるために決まってるじゃないか。戸倉はおまえたちを助けようとして、あの七文字をこの人に漏らしたんだ」

戸倉は顔をあげようとしない。

背に腹はかえられなかったのだ。本当に存在するのかどうかすらわからない遺物よりも、武尊と双葉の人生のほうが大事だと思ったのだ。ふたりを父親から解放してやりたい一心だった。

「わかったら、強心隊に戻れ」

慶三はまだ屈したつもりはないのだろう。

「そいつらを追い払って、そっちの車に俺を」

「あいにくなのは、あなたです。慶三叔父さん」

遮るように、史哉が言った。

「……双葉なら、先ほど、俺が総社の家に赴いて連れ戻しました」

慶三は寝耳に水だったのだろう。目を剝いて、

「なんだと……っ。史哉おまえ何のつもりだ」

「ゆうべ、そこにいる相良くんから電話をもらいましてね。俺が慶三叔父さんに、解読した七文字を明かしたと疑われたものだから、変だな、と思いました。そしたら戸倉の様子までおかしかったんで、問い詰めたんです。泣いて打ち明けてくれましたよ」

武尊が驚いて戸倉を見た。史哉は続け、

「それで朝、叔父さんたちが出払ったのを見計らって総社の家に押しかけました。ちょっともめはしたけど、双葉は無事、保護して家に連れ戻しましたよ」

慶三は怒りに震えている。

「史哉！　おまえはこいつらを恨んでいたはずだ。こいつらのせいでレーサーの道を閉ざされたというのに、なんでまだこいつらに肩入れする！」

棟方たちを指さす慶三に、史哉は毅然と言い返した。

「俺は未来を閉ざされただなんて、いっぺんたりとも思ったことはない」

「なに」

「ちょっと遠回りになっただけだ。俺はあきらめたりなんかしてない」

「馬鹿を言うな。その足で、どうやって……」

麓(ふもと)のほうからパトカーのサイレンが聞こえてきた。こちらに向かっているのだとわかった。

「いいタイミングだ。来ましたよ、叔父さん。このひとたちに非道を働いて、強心隊の名に泥を塗った罪は重い。さあ、取調室でゆっくり話してきてくださいよ」

「史哉、きさま！」

県警のパトカーが到着した。赤色灯を載せた覆面車両から降りてきたのは渋川警察署の谷垣(たにがき)たちだ。慶三は抵抗したが、警官たちに両脇を固められて連れていかれてしまう。

双葉を拉致(らち)監禁した犯人だとして通報したのは、史哉だった。

谷垣は忍に気づくと「なんでいるのか」と肝を潰して、

「……あ、あ、あとで色々聞かせてもらうからなァッ！」

そう言ってパトカーに慶三を乗せ、物々しく山を下りていく。

残されたのは、慶三から取り上げた厳穂御魂が入っているとおぼしき箱だけだ。

無量は外見を確認して、軽く揺すり、内容物の感触を確かめた。

「なんか入ってるっすね。開けるのは棟方組に持ってってからにしましょうか」

「一応、拾得物だから、警察にも通報しておかないとな」

忍が言うと、萌絵とミゲルも拳を固めてグータッチをした。

棟方と綾香は、史哉と向き合った。

「……久しぶりだな。達雄。年とったな」

「おまえもな。そのGT－Rはどうしたんだ？」

ああ、これか。と史哉は振り返った。

「中古屋で二束三文で売りに出されてたやつを買い取って、知り合いの工場で手動運転できるようレストアしてもらった。なかなかいい走りっぷりだったろう？」

あの事故以来、運転からは離れたものと思っていたので、棟方は驚いた。

「他にも乗ったんだけどね。やっぱり、こいつじゃないとしっくりこなくてね」

「史哉……。あのレースの夜は本当に」

すまなかった、と言いかけた棟方を、史哉が遮った。

「さっき言った言葉は本当だ。俺はおまえを恨んだことはただの一度もないし、あのレースを後悔したことも、一度たりとないよ」

「史哉……」

「確かに脚を失って、絶望しなかったといえば、嘘になる。目の前が暗くなったのも本当だ。だけどな、達雄。俺は脚は不自由になったが、運転はあきらめなかった。いつかまた自分のクルマで榛名を走るって、それだけが俺の目標だったよ」

史哉は棟方のGT－Rを見て、感慨深そうに目を細めた。

「……やっぱりいいクルマだな、おまえのGT－R。横で走っててておまえの排気音（エキゾースト）が本当に気持ちよかった」

綾香と越智も、目を赤くしている。

まさか〝黒い双つ星〟が二台揃っているところをまたこの目で見られるなんて、夢にも思っていなかったからだ。

「史哉、ありがとうね。本当に」

「こちらこそだ、綾香。……君が会いに来てくれて、嬉（うれ）しかった」

ありがとうございました、と武尊も史哉に頭を下げた。

「双葉を助けてくれて、本当に」

「兄として当然のことをしたまでだ。戸倉を許してやれるよな、武尊」

武尊はうなずき、戸倉に向かった。

「心配かけまくって本当にごめんな、戸倉。ありがとな」

戸倉は男泣きをこらえて何度も頭を下げた。

史哉は武尊と戸倉を乗せて、自分も運転席のドアを開けた。ふたりには、千両箱と九鈴鏡、ふたつの窃盗の罪がある。これから警察に出頭するのだという。

「ああ、そうだ。達雄。俺はレースに出ることにしたよ」

「レース？　本当か！」

「少し前に下半身麻痺のドライバーが手動運転でスーパーGTに参戦しているのを知った。勇気をもらったよ。俺もやってみる。妻は反対するかもしれないが、俺はやっぱりスピードの世界が忘れられない。だから待っていてくれ。あの日決着がつかなかったレースの決着を、今度こそつけよう」

棟方は望外の言葉に胸が熱くなった。嚙みしめるようにうつむき、やがて目尻に笑い皺を刻んで、

「おまえもホントに懲りないやつだな」

「お互い様だろ。じじいになるまで走ろうぜ。サーキットで会おう」

そう言うと、史哉は颯爽と乗り込んでいく。

迫力のある排気音を残して、史哉のGT-Rは走り去っていった。

伊香保方面へと消えていく四つ玉のテールランプを見送って、無量は嘆息した。

「カッケーひとっすね……、史哉さん。こりゃみんな惚れるわけだ」

「当たり前だ。あれが俺たちの伝説の〝榛名山の神〟なんだからな」

越智の言葉に、無量はふと不思議な符合を感じた。

「〝榛名山の神〟……か」

ここからは正面に二ッ岳が望める。六世紀の噴火の火口がある。

青々とした緑に覆われた美しい円錐形の山は、赤城山のほうからあがってきた太陽に照らされている。

無量が抱えるその箱は、千両箱でもよく使われる樫製とみられ、言い伝えが本当ならば、中身は〝榛名山の神を鎮めるための祭器〟であるはずだ。

千五百年前の人々が捧げた祈りを、実体化させたものだった。

さっきのあの地震も偶然だとは思えない。

「榛名の神が助けてくれた。……そういうことかな」

無量の肩に、忍が手を置いた。微笑んでいる。

とにかく守りきったのだ。

*

二ッ岳からは渋川の街並みが見下ろせる。美しい山に囲まれた平野はうっすらと靄がかかり、いくつかの貯水池や利根川が朝の陽差しに光っている。

榛名の神々は、今日もこの高き嶺から人々の営みを見守っている。

岩尾谷での「地滑り」騒動は、幸いにもひとりの死者も出さずに済んだ。

居合わせた者たち（無量たちのことだが）がなぜかスコップを持っていて、すぐに救助活動が始められたのもよかった。アルベルトだけ念のため救急搬送されて清香が付き添ったが、それ以外は怪我人こそ出たものの重傷者はなく、その怪我も、どちらかといえば、その前のミゲルたちとのケンカで負ったもののようだった。

岩尾谷の「拾得物」はその後、棟方組の遺物整理室に持ち込まれ、内容物が確認された。

中に入っていたのは、古い鉄剣だった。

いくらか錆膨(さびぶく)れした赤茶けた鉄剣は、だが、しっかりと刀身が残っていて驚くほど良好な状態だ。

石室にはまだ他にも遺物が入っていた可能性があるし、あらためて調査するまでは断定できないが……。

「おそらくこれが〝厳穂碑〟に刻まれていた〈厳穂御魂(いかほのみたま)〉だろうな」

棟方の結論に、無量たちも異論はなかった。

〈厳穂御魂〉は古墳時代の鉄剣の名であった、と。

「いていていて。もうちょっとお手柔らかにできんとか！」

ミゲルの顔のケンカ傷を手当しているのは、さくらだ。

重機に乗ったら「バケットの先で文字が書ける」くらい繊細に操れるさくらだが、手先は不器用で、水でしなしなになった脱脂綿を傷にぐいぐい押し当てて泥を落としている。

「萌絵さーん。かわってくださいよぉ」

「ごめんね、いま手が離せないから」

萌絵はバタバタと会議室と整理室を往復している。

「んだども、あのタイミングで地震が起こるなんて。やっぱり榛名山の神はおったんだべなあ」

「とどめに〝土砂崩れ〟やけんなあ。おるばい。絶対おる」

さくらもミゲルも震えあがっている。「開けたら噴火する」という言い伝えは、迷信では片付けられなくなった。

「あ、無量さんおかえりなさい。千両箱戻ってきましたか?」

戸倉家から一旦(いったん)持ち出され、警察に預けられていた千両箱が棟方組に戻ってきた。越智たちと一緒に引き取りに行っていたところだ。

「いまから上で確認作業する。おまえらも見に来いよ」

はーい、とさくらはミゲルの手当もそこそこに二階にあがっていってしまう。

「おいコラ!　助けてやったとやけん少しは感謝しろって」

ミゲルは仕方なく、自分で背中に湿布を貼った。

「つか、あんたのほうが俺よりずっと功労者っすよね。降旗さん」

降旗が長いすに横たわって、ぐったりしている。馬場に後ろから殴りつけられるわ、事情説明で警察に長時間つきあわされるわ、で疲労困憊(こんぱい)だ。いつもなら隙なくセットしている髪も乱れきっている。今回は受難もいいところだった。

「好きで君らに関わってるわけじゃないよ……」

「ですよね」


階段下の自販機の前には、桑野記者がいた。忍が気づいて、

「お疲れ様です。今日もいらしてたんですか」

「千両箱の中身を教えてもらおうと思ってね」

桑野には借りがある。武尊たちに先を越されたとはいえ、子持山の武尊神社に九鈴鏡があったことを突き止めたのは、桑野の功績だ。

「棟方さんも取材許可をくれたしね。他社を出し抜くいい機会だ」

「らしくないですね。まるで如月記者みたいですよ」

桑野は長いすに腰掛けて、にや、と笑った。

「……相良悦史氏が亡くなったのは残念だった。ひどい事件に巻き込まれたんだな」

横に腰掛けて、忍は笑顔を消した。

「君のお父さんに後ろ暗いことがあるのかって、昨日、君は訊いたね。ひとつだけ、ある」

「そのひとつとは？」

「あの時、俺は悦史さんと約束していたんだ」

手にした缶コーヒーを両手で包んで、桑野は言った。

「この不正を報道する時は、瑛一朗氏の家族は巻き込まないよう、配慮してくれ。絶対に家に押しかけたりはしないでくれ。家族は関係ないんだから、家に電話をかけたり、インターホンを押したりしないでくれ。そう約束していたのに、……守れなかった」

瑛一朗の捏造事件が発覚した時のことだ。報道陣が殺到して、西原家の玄関先に大勢が張り込んだ。脚立を何台も立てて、塀の上から盗撮まがいのことまでしていた。

「当人どころか家族まで犯罪者扱いも同然だった。他社に抜かれまいとして、近所で地取り（証言を集める聞き込み）しまくって孫が通う小学校まで押しかけるやつもいた。確かに瑛一朗氏は不正はしたが犯罪とまでは言えない。だが文化部の僕まで事件記者みたいに特ダネ追わされてタチの悪い報道競争の当事者になってた。過熱しすぎた」

　忍は無量の右手のヤケドを思い浮かべている。

「……ほとぼりが冷めた頃、悦史さんと会う機会があった。だが悦史さんは蛇蝎を見るような目で俺を見て、口もきかず、それきりだった」

「………。そうでしたか」

「いまも焼き付いているんだよ。あの時の、悦史さんの目が」

　忍と会って、父親とそっくりな忍の目元を見て、あの時の目を思い出した。

　後ろ暗さが疼くには、十分だったのだ。

「西原無量か……」

　桑野はあらためて、あの時の「孫」が発掘現場にいる不思議を噛みしめているようだった。

「少しは、彼の役に立てたかな……」

遠い目をしている。

口に含んだ苦いコーヒーを飲み下すふりをして、口角を下げた。

＊

遺物整理室には棟方組とカメケン組が勢揃いした。

数日ぶりに戻ってきた千両箱は、残念ながら無傷とは言えなかった。

「まったく。先に開けられてしまうとは」

棟方もこればかりは憤慨だ。

武尊たちに同情すべきところはあるにせよ、それはそれ、これはこれだ。しかも一度取りだしてしまっている。おかげでデータの精密さを損なった。

「しかも箱壊されてるし」

破壊された部分は板が割れている。

内容物の紛失はない、と武尊たちは言っていたが、赤玉の二個や三個なくなっていてもおかしくない。萌絵がひとつひとつ指さし、

「七鈴鏡、武人埴輪(はにわ)、そして金銅の冠。でもこの冠は古墳時代の出土品っぽくないです

よね」

錆の出具合が新しいのだ。模造品のようだ、と無量は思った。

「でも模造品ということは、どこかに本物があったってことすよね」

「左文字がわざわざ冠まで入れた理由もわかりませんね。まさかこれも江戸から？」

せめて目録でもあればいいのだが。

「それより気になるものを見つけたんです。ここ、ここを見てください」

破壊されて割れた部分を萌絵は指さした。

「何か書状みたいなものが挟まってるんです。これはなんでしょう」

ＣＴでは薄すぎたのか発見できなかった。確かに二重になった板の間から、和紙が顔を覗かせている。

「この千両箱は江戸から持ってきたものでしょ？　目録か何かかな？」

解体しないと取り出せないかと思ったが、

「いや。ピンセットで行けるかもしれません」

器用な島田が挑戦してみることになった。隙間から見えている部分をつまみ、慎重にまっすぐ引き上げる。破らずに取りだすことができた。

「書状……？」

記録をとってから、開いてみることにした。

「これは……」

くずし字で文字がびっしりと書かれている。だいぶ本格的な古文書だ。

「宛先(あてさき)の名前より、差出人の名前が上にある。差出人は……」

一文字だ。

「現、と読めるような」

忍はその書式をどこかで見た覚えがあった。この書体も……。

ここはやはり降旗の出番のようだ。一階で休んでいた降旗を強引に起こして二階につれてきた。降旗は「もう勘弁してくれ」とばかりにあからさまに嫌がっていたが、書状の内容を見た途端、目の色が変わった。

「これは……令旨(りょうじ)じゃないか？」

「令旨？」

「ああ。皇族が発する命令文のことだ。皇太子や皇太后、皇后らの意向を伝える。差出人の名前のほうが上にあるのが特徴なんだが、この差出人は」

「一文字しかないんすよ。こんな名前のひと、います？」

「〝現〟だ」

降旗は顔を強(こわ)ばらせた。

「これは輪王寺宮公現(こうげん)法親王のことだ」

無量たちは息を呑んだ。輪王寺宮とは、日光山輪王寺・東叡山寛永寺の山主のことで、徳川(とくがわ)幕府の宗教的ヒエラルキーのトップに立つ宮様のことだ。

「公現法親王は最後の輪王寺宮。北白川宮能久親王のことだ」

「東武天皇の！」

「明らかに隠してあった。密書だろう」

「宛先は……小栗上野介。日付は慶応四年四月。小栗が江戸を発った後だ。ということは上州に来てから受け取った手紙か」

「なんて書いてあるんです」

読んでいくうちに、みるみる降旗の表情が硬くなっていく。

そうか、と呟いた語尾が少し震えていた。

「噴火とは、そういう意味だったのか」

「どういうこと？　教えてけろ！」

さくらが降旗の袖を摑んで訴えた。その大きな黒い瞳を見て、降旗は大きく肩で息を吐いた。

「自らが即位するという宣言だ」

「即位？　輪王寺宮さんが？」

「ああ。……〝かくなる上は、過去に存在した南北朝の世に倣い、薩長の擁立する王朝に対抗する王朝を新しく立てるより他に術はない。自らが即位して東朝を打ち立てん。幕軍こそ官軍、薩長こそ逆賊なり。朕は西朝なる贋天皇を廃し、これを擁立せる逆賊薩長を討たんと欲す〟」

水を打ったように静まりかえった。

無量も忍も萌絵も、絶句している。

それを読み上げた降旗は、大変なことを口にしたというように唇を引き結んだ。

「それはもしかして、明治天皇を倒せという……」

宣戦布告ともとれる令旨だった。

忍もようやく理解した。

「左文字が言っていた『この箱を開けると山が噴火する』という言葉の本当の意味は、そういうことだったのか」

山とは日本、噴火とは全面戦争。

おそらく左文字は思ったのだ。

この密書の存在が公に知られれば、日本中が火の海になる。

一度は新政府軍に従った幕府勢力も、この密命によって叛旗を翻すかもしれない。

旧幕府軍が新天皇を擁立して自らも錦の御旗を立てれば、日本は全面戦争になる。

ふたりの天皇がたち、どちらも引かなければ、泥沼の内戦になる。文明開化どころではなくなる。日本は日本人同士が亡ぼし合って、近代化は何十年と遅れるだろう。

「だから開けてはいけないと禁じたのか。この密書はあってはならないから」

コトによっては大逆罪だ。

絶対に外に出してはいけない文書だ。だから埋めたのか。

これこそ「神を怒らせる祝詞」だから。その「神」とは明治天皇のことだったなら。

左文字のもとでふたつの禁忌が交錯したに違いない。

官軍から隠すべき東照大権現の象徴「吾妻照鏡」と、東朝起つ、からの明治天皇及び明治政府への宣戦布告。

「山を噴火させないために……埋めたのか」

無量は窓から陽の落ちた榛名山の方角を見やった。

左文字はおそらく、小栗上野介の遺志を遂行したのだ。

この「命令」は、永遠に土の中に埋めよ、という。最後の願いを。

終章

「いらっしゃいませ。……あら、永倉さん」

新田綾香の経営するイタリアンパスタ屋に萌絵がやってきた。ランチの忙しい時間が一段落して、ちょうど店内も落ち着いてきたところだった。

「こんにちは。ジビエパスタ食べにきました」

気になっていた「猪肉のラグーパスタ」を堪能した後で、萌絵は綾香に今朝の新聞を差し出した。

「桑野記者が書いた記事です。千両箱の中身について結構大きく取り上げてます。ぜひ読んでください」

盗難被害にあった千両箱が無事に戻ってきたことは、翌朝の新聞で報じられたが、今朝は「続報」として、その中身について報じていた。「謎の密書」についても触れられていたが、内容については現在調査中ということで濁されている。

「すごいねえ。『箱を開けると山が噴火する』ってそういうことだったんだね」

休憩をとった綾香は愛用のマグカップでコーヒーを飲みながら、萌絵の話を聞き終えた。言った本人が驚いている。まさか日本が噴火するという意味だったとは……。

「巌谷の石室から出てきた鉄剣についても、まもなく発表があるみたいです」

ハイカーが見つけた鉄剣、という見出しで、群馬新聞が準備をしている。

教育委員会からの発表もあるが、桑野記者はそれよりも詳しい状況を把握しているので「特ダネ」として報道されそうだ。鉄剣が出てきた石室は「江戸時代に修繕」されていたことも「鋳銅製扉の十曜紋」の意味も、石原庚申塚古墳から出土して泥流に流された九鈴鏡「吾妻照鏡」と関連づけて記事になる予定だ。

――……でも、まだまだほんのイントロだよ。

棟方組に取材で来ていた桑野記者は、不敵なことを言っていた。

――日光東照宮にも取材を申し込んでいるところだ。御神体については一筋縄ではいかなそうだし、記事にするにはまだまだ検証が必要だが、天海大僧正が絡む「榛名鏡」と「厳穂御魂」の全貌と、幕末の東照大権現御神体避難の顚末、必ず書ききるよ。

そうなったら大スクープだ。

文化部記者として、これほどやりがいのある仕事はない。

――僕は如月みたいに功を焦ったりしない。じっくり腰据えて、真実を書くさ。

「そのうち、綾香さんのところにも取材に来ると思います」

「その時は、情報代、ガッチリいただくとするわ」

かかあ天下の上州女らしい肝っ玉の太さを見せて、綾香は朗らかに笑った。

「そうだ。昨日、母が入院している病院に行ったの。だいぶ具合もよくなっててね。拓本のことを訊ねたら、ちゃんと思い出せたみたいで答えてくれたの」

なぜ〝厳穂碑〟の拓本が、みどりのもとにあったのか。

――やっぱり、あんたに持っててもらいてえんだ。

綾香が生まれて三年ほど経った頃だった。突然、左文字の母が訪ねてきて、みどりにこの拓本を託したのだという。

ちょうど左文字の父が亡くなった後で、母も体の具合が優れないと言っていた。自分の老い先も長くはない。本来なら八重樫の本家に託すべきところだが、左文字が背負った秘密は、左文字ゆかりの者に託したいと言った。

――みどりさんは、うちの息子にはもったいねえぐらい、いい嫁だった。ひととして信じられるひとだ。

戦争で夫と死別し、離縁という形で左文字の家を離れたみどりを、左文字の母は変わらず、信頼し、大切に思っていたのだろう。

自分が死んだ後、この拓本はみどりの思うようにしてくれていい。どこかの神社に預けてもいいし、教育施設に寄贈してもいい。その扱いは任せると。

「〝厳穂碑〟の拓本は、元々は、厳穂神社の神職家に伝わってきたものみたい」

「どういう経緯で左文字のもとに？」

「慶応四年の上州世直し一揆。裕福だった神職家も一揆勢に狙われていたから、慌てて左文字に預けたようなの」

当時、武州では百姓による「世直し一揆」が爆発的に広まった。開国によって貿易が始まると、生糸を扱う豪商や豪農がすこぶる儲ける一方、それが引き起こしたひどい物価高騰によって百姓は著しく困窮した。貧富の格差が大きく広がり、その不満が爆発して、商家や豪農を襲ったのだ。

一揆の火は上州にも広がり、渋川にも及んだ。

拓本に添付されていた古文書は、その経緯を記した「預け状」だったのだ。

「そのまま元の主に引き取られることなく左文字が預かってたわけですね」

「そう。で、今度は、私が母からこれを託されることになったんだけど」

さて、どうしたものか……。

まだ悩んでいるという。

「いずれにしても近々公表して〝厳穂碑〟の存在をきちんと研究してもらうつもり。ああ、桑野記者のお手柄にしてあげようかな。鉄剣の解明には必要不可欠だものね」

「〈厳穂御魂〉ですよね」

「それにしても、肝心の〝厳穂碑〟は、本当に榛名湖に沈んでるのかな」

天海が御魂の在処を記した七文字を削って、湖に沈めた、と伝わっている。

「案外、まだ渋川のどっかに埋まってるかもしれませんよ」

「そうだね。西原くんの〈鬼の手〉に見つけだしてもらおうか」

萌絵は乾いた笑いを漏らしてしまった。

「……やっぱり、歴史って面白いですね。こういう過去の扉がどんどん目の前で開いていくのは、ものすごくエキサイティングです。やっぱ、やめるのは惜しいなあ」

「え？　退職するつもりなの？」

綾香に問われ、萌絵は肩をすぼめてしまう。

「……実は、迷っていることがあって……」

「転職とか、かな？」

おかわりのコーヒーを注ぐと、湯気とともにほろ苦い香りが立ち上る。綾香は話しやすいひとなので、萌絵はつい悩み事を語り出してしまった。綾香は親身になって聞いてくれる。自分の母親世代でもある綾香は、娘の話を聞くように、萌絵の迷いを受け止めてくれた。

「そっか……。分かれ道にいるんだね」

「はい。でも、どっちも選べないんです。どっちを選んだらいいかわからないんです」

綾香は窓の外にある青い愛車を眺めた。

「交差点の安全な曲がり方って、わかるかな」

「交差点、ですか？　ええと、車線変更の前にウィンカーを出して減速して……」

「いまの永倉さんはね、まっすぐな直線道路を百キロくらいで走ってるんだけど、急に曲がる道が見えたから慌ててハンドルを切ろうとしてるように見える。でも減速しないで安全に曲がることはできないの。私たちみたいな走り屋でもね」

「準備が足らない……ってことでしょうか」

「というか、無理に曲がっても心が事故を起こす。……期限を決めるっていうのは、どうかな」

期限？　と萌絵が首を傾げた。綾香はうなずき、

「ふたつさきの信号を曲がるって、あらかじめ頭に入れておくの。永倉さんは今の仕事の適性に疑問をもってるようだから、まずは半年後とか一年後とかにここまで達成するっていう具体的な目標を決めておく。達成できたならそのままの道を。できなかったら曲がって別の道をいく。大事なのは、決意しておくこと」

萌絵の頭に運転するイメージが浮かんだ。

「答えは今すぐ出さなくてもいいと思う。目の前の交差点が道を変える唯一のチャンスに思えるかもしれないけど、今の永倉さんはどっちを選んでも後悔しそう」

綾香は萌絵の心の状態をそう読み解いた。

「もちろん、交差点を過ぎた後、やっぱり間違えたって思ったら、その先で決めればいい。なんならUターンしてもいい。ゴールにはいつか着けるし、逃した交差点とはまた別の景色が見られるのを、楽しめばいいんだよ」

綾香は萌絵の手に手を重ねた。

「人生はロングドライブ。あせらないで」

「綾香さん……」

視界が晴れていくような気がした。

綾香は笑っている。ほろ苦いコーヒーの香りがする。

レモンケーキの爽やかな甘みが、不思議と勇気をくれる気がした。

＊

藤野田遺跡での発掘もいよいよ佳境となってきた。

ターゲット層での本格的な調査に入り、人骨が出土した場所を中心に、祭祀遺構が見つかるなど新たな発見が続いていた。

無量たちカメケン組も朝から土と向き合って作業に集中している。梅雨前線が長く居座って、作業の中断が続くようになる前に、重要遺物の取り上げを進めたいところだ。

そんな現場をプレハブ小屋の前から見つめているのは、忍と降旗だった。

「……そうですか。では九鈴鏡は東文研に無事に運ばれたんですね」

いまは「吾妻照鏡」と正式に名が付いた「天明泥流で流されて上野東照宮の御神体となった」あの九鈴鏡のことだ。

県の埋蔵文化財調査センターに持ち込まれた九鈴鏡は、コルドの魔の手から守るためにも、より厳重に保管する必要があった。降旗が仲介して東文研への運搬が昨日完了した。

「本来なら子持山の武尊神社に返すところだが、氏子の皆さんも快く許可してくれた。だいぶ歴史的背景が希有(けう)な重要遺物だから、いずれは文化財指定を受けるだろう」

「よかったです。しかし、輪王寺宮の令旨(りょうじ)にはびっくりしましたね」

ああ、と作業している無量たちを眺めて、降旗は言った。

「ただ本物であるかどうかは、なんとも言えんな」

「偽造であると？」

「当時、旧幕府陣営には、明治天皇を擁立した薩長に対抗して、江戸に在する天皇権威として輪王寺宮や静寛院宮(せいかんいんのみや)を擁立する動きは現実にあった。幼帝である明治天皇は薩長の傀儡(かいらい)、孝明(こうめい)帝の遺志を継ぐ正統こそ輪王寺宮だという主張を掲げた」

実際、彰義隊は輪王寺宮を擁立し、日光東照宮を拠(よ)り所にする計画を立て、錦(にしき)の御旗(みはた)を作ることも企てていたという。

「輪王寺宮の側近で寛永寺の執当職・覚王院義観(かくおういんぎかん)と龍王院堯忍(りゅうおういんぎょうにん)は、会津藩の松平容保(まつだいらかたもり)や前橋藩の松平直克(なおかつ)、紀州(きしゅう)藩の徳川茂承(とくがわもちつぐ)らに、輪王寺宮を新帝とみなした上で、檄文(げきぶん)を送ってる」

「薩長こそ逆賊とする檄文、ですか」

「千両箱の令旨は、その檄文のひとつとみなしたほうがいいな」

藤沢(ふじさわ)家にあったという密書も、そのひとつだったかもしれない。

それに加えて、と降旗は言葉を継ぎ、

「旧幕府軍には『神君』家康への回帰を主張する者たちもいた。旧幕府歩兵奉行の大鳥圭介ら、江戸を脱走した幕兵三千人は実際『東照神君の白旗』なるものを掲げている。『東照宮の御旗』だ。将軍慶喜の恭順は『日光山ノ御神意』に背くものであるとして、薩長と戦わない譜代恩顧の臣下たちを激しく批判したという」

慶喜の決断を全否定して「神君」家康に回帰する。それを拠り所とした。

「輪王寺宮と『神君』家康の御神体か。明治天皇を擁立する薩長と並び立つために、そのふたつを掲げて、東朝のもとの政府樹立をはかった……。そういうことですか」

奥羽越列藩同盟の「東北政府」も、まさにそういう考えのもとに構想されていた。

「九鈴鏡の避難も、ただの避難ではなかったということだな。桑野清十郎たちは、家康の御神体を積極的に東朝樹立のために役立てようとしていたのかもしれない」

だが、小栗上野介はその動きには同調しなかった。

慶喜に対して「薩長と戦うべし」を誰よりも強く主張したのは小栗だ。それが慶喜に受け入れられず、罷免された。小栗はおそらく旗本として、三河武士の心で、ただひとりの主君・十五代将軍徳川慶喜に忠誠を尽くしたのだろう。慶喜が恭順と一度決めた以上、自分も決して戦わないと。

「……なんだか、切ないですね」

忍は榛名山の向こう、小栗がいた権田村の方角を見やった。

「そんな危うい密書なら、燃やしてしまえばよかっただろうに」

「それもできなかったのか。それが大義名分になる日のために残していたのか」

「権田村に住み着いた小栗は、明治政府がもし悪政をはびこらせるようならば、もう一度主君を奉じて起つ意気込みで、多くの若者を育てようとしていたようでした。それもひとつの、国の想い方だったんでしょうね」

「うん……。きっとそうなんだろうな」

しばらくふたりで感傷に耽っていたが……。

さて、と降旗がメガネの弦を持ち上げた。

「今回の一件、JKには報告した。返答が来たよ。西原無量の案件は継続だそうだ」

「継続？　待ってください。しかし無量は……！」

「私にはあの時、彼が〝何も感知していない〟ようには見えなかった」

騒ぎに巻き込まれながらも、見るものは見ていたようだ。降旗はいつもの冷徹な顔つきに戻っている。

「あいにくだが、相良。彼はまだ〝死んでいない〟よ」

忍は鋭い目になって降旗を睨んだ。巖谷で何を見たのか。その場にいなかった忍にはそれがわからない。降旗はもう一度、作業中の無量を見やった。

「気のせいか、楽しそうだ。あんなにいい顔で掘っているのは初めて見るよ」

「そんなはずはない。そんなはずが……」

「……………。君には、あれが死んだ顔に見えるかい？」

冷ややかに言い残し、絶句している忍を尻目に、降旗は現場を去っていった。

休憩時間になったようだ。無量が忍のもとにやってきた。

「あれ？　降旗さん帰っちゃったの？」

首にかけたタオルで汗を拭いながら、水筒のスポーツドリンクを飲んでいる。

「……そっか。ま、東京に戻ってからでいっか」

「なんのこと？」

「いや。実はさ、俺、降旗さんにちょっと相談されてたことがあったんだけど」

ケータリングコーナーから持ってきたリンゴに嚙みついて、無量は言った。

「なんか気持ちが固まったみたいだから、伝えようと思ったんだわ」

「固まったって、なにがだ。なにを決意したんだ！」

やけに強い口調で迫る忍に驚き、無量は肩をすくめて身をそらした。

「な、なに。怖い顔して」

「無量、おまえまさか」

「西原くん」

プレハブ事務所から清香とアルベルトが現れた。ふたりとも朗らかな顔をしている。

「アルベルトさん、怪我はもういいんですか」

「ああ、ちょっと腰をやっちゃったが、コルセットしてれば、じきに治るって」

「本当にいろいろありがとう。千両箱が無事戻ってきたのも永倉さんと西原くんたちのおかげです。ママがね、御礼にカメケンの皆さんにごちそうしたいというの。今日の夜、皆さん空いてる？」

ケータリングコーナーで耳ざとく察知したミゲルとさくらが「はいはいはい」と手を挙げた。

「もちろん空いてるっす。ガラ空きっす。ジビエ食えっとですか！」

「んめーパスタ食いたい！」

清香とアルベルトは顔を見合わせて笑っている。心なしか距離が近いし、目と目を合わせる表情が妙に甘ったるい。よく見るとさりげなく手をつないでいる。

「あの、もしかして、おふたり……」

「ああ。ボクたち今度結婚することにしたんだよ」

ええっ！　と無量たちはびっくりした。

「おふたり、つきあってたんすか！」

交際ゼロ日婚だという。清香は頬を赤らめて、

「前から何度も『つきあってくれ』って言われてたんだけど、今回のことですごく彼を頼もしく感じてしまって」

ツンデレな清香がアルベルトにすっかりメロメロになっている。きっかけはやはり、先日の巌谷での出来事だった。

土砂崩れから清香をかばったアルベルトに父親の姿が重なったという。清香をかばっ

たまま、父親は二度と目を開けることはなかった。呼びかけても答えず、冷たくなっていく父の体の下で味わった恐怖は、彼女のトラウマになっていた。

だが、アルベルトは目を開けた。温かい体とその瞳の青さに晴れ渡った空を見たのだ。鉛色の暗い空の下、降り続けていた心の雨も、ようやくあがったような気がした。

「いろいろすっとばしてしまったけど、彼のことはよくわかってるから」

「今夜は婚約発表もかねてるんだ。棟方さんたちも呼ぶつもりだよ」

「でも大丈夫なんすか。つきあいもしないで結婚なん……、いててて」

無量の耳を引っ張る者がいる。萌絵だった。

「ちぎれるちぎれる」

「関係ないですよね。心が深く繋がっていれば、ゼロ日だろうが半日だろうが。おめでとうございます！」

「ありがとう。永倉さんには美味しいケーキいっぱい用意しとくね。またあとで」

甘い空気に包まれているふたりに、萌絵と無量はあてられっぱなしだ。

「人前であんなにいちゃいちゃできるなんて、さすがイタリア人というか……」

「しかも職場でな」

萌絵は遠い目をした。自分たちもあんなふうになれる日が、いつかやってくるのだろうか。そんなイメージは（絶望的に）湧かないが。

「あれから右手の調子はどう？　少しは反応戻った？」

無量は右手をグーパーしながら「ああ」と答えた。

「右手は、まあ、相変わらずだけど……、それでもいいかなって思えてきた」

遺物の声が全く聞こえなくなったわけではない、と気づいて、何かが変わった。〈鬼の手〉が使えるか使えないかはさほど大きなことではなく、遺物を見つけたいという気持ち自体が、自分にとっては何より大事なものだったと気がついたのだ。

「心のどこかで、見つけられるのが当たり前みたいに思うようになっちゃってたのかもな」

どこか憑きものが落ちたような顔をしている。

「そう簡単には見つけられないからこそ面白いってことも、思い出せたのかも」

「そっか……。なんにしても、西原くんが元気になれてよかった」

無量はしばらく黙っていたが――。

「あのさ、永倉」

「ん？　なに？」

無量が口を開こうとした時、「休憩終了でーす」との声がハンドマイクから響いた。作業員がぞろぞろと持ち場に戻っていく。無量も一度、肩で息を調えて、

「……ま、いっか。あとで忍といっしょのときにでも言うわ。ありがとな」

「あ、うん。がんばってね」

萌絵に見送られて無量は再び、調査区に入った。

出土した人骨は全身がすでに土中から検出されていた。火砕流によって死亡した被災者の人骨だった。棟方によると、骨盤の形から女性ではないか、とのことだ。胸元からは勾玉と管玉がまとまって出ていたので、鎮山祭祀を執り行っていた巫女なのではないかとも推測されていた。

無量は最後までこの人骨を担当することになった。

「……あんたのおかげかもな」

夢にあの巫女が出てきたのはたまたまだろうが、九鈴鏡はどこかと訊ねたら、北の方角を指し示した。その通りに子持山から出てきたのは、偶然ではない気がした。

「ありがとな」

人骨は周囲の土ごと取り上げることになっている。周りから関連遺物が出ることもあるので念入りに調べる必要があった。深い調査坑の底は風も吹かず、蒸し暑い。さくらとミゲルもすでにジョレンがけを始めている。無量も肩のストレッチをしながら、

「さて。もうひとふんばり、がんばりますか」

右手が、ズキン、と疼いた。

はっとして振り返った。人骨が倒れていたところの少し先、二メートルほど離れたその場所に、何か強く引かれるものを感じた。その場所から目が離せなくなった。

剝き出しになった土は何の変哲もないが、そこだけ周囲から浮いて見える。

「西原、どげんしたと？」

無量の〈鬼の手〉が騒いでいる。

こんなふうに右手が急(せ)かしてくるのは、久しぶりのことだった。

胸騒ぎを覚えて、無量は土にジョレンをあてた。一メートル四方ほどの地面を、削ぐようにして掘り進め、しばらく作業に没頭していると、ふいにジョレンの先が何か硬いものに当たった。感触で金属だとわかった。

「これは……」

見覚えがある。小さな丸い青銅のかたまりだ。ピンポン玉ぐらいの。

無量は道具を手ガリに持ち替えてしゃがみ込んだ。上体で覆うようにして、慎重に、かつ一心不乱に土を削り始めた。現れたのは、青銅鏡だ。周りに鈴が付いている。鈴の数は──七、八……九つ。

「九鈴鏡……」

だが、まだそれで終わりではないと感じた。そこから三十センチほど左だ。土が青い。

無量は手を止めず、さらに掘り続けた。土に青錆(あおさび)の影響が出ている。金属製の遺物がまだ埋まっている証拠だった。

青錆に包まれた延べ板のようなものが出てきた。その周りには非常に細かい葉のような形状の金属片が無数についている。繊細に慎重に土を取り除く。そして、とうとう全貌(ぜんぼう)がイメージできるようになった。

「……冠……だ」

鏡と共に出てきたのは、金銅製とみられる歩揺付きの冠だったのだ。

無量にはまだ信じられない。古墳でもないところから出土した例は一つもないはずだ。しかも九鈴鏡と共伴で出てくるとは。

無量はハッとして思わず人骨のほうを振り返った。もしかして、これは……。

夢の中に出てきた巫女の姿が鮮やかに脳裏に広がった。

ただの巫女では、なかったのか。

彼女はこの冠の主だった。九鈴鏡を手にして鎮山の祀りを執り行ったのは、おそらくこの地で厳穂嶺を鎮めてきた一族の巫女王だったにちがいない。

恐怖を乗り越えて、山の荒ぶる神に向かい、全身全霊で鎮山に命を捧げた。

――その忌み具には捧げられた神官の魂が宿る。

無量は顔をあげ、榛名山のほうを見た。

夕焼けを背にして、赤く燃えているように見える。

もちろん、これは想像だ。真実にはほど遠いかもしれない。だが、この遺物が千五百年前からここに存在していたのは、それだけは揺るがしがたい事実なのだ。

左文字が千両箱にあの模造の冠を入れていた理由が、無量にはなんとなくわかった気がした。あれはこの勇気ある巫女王の魂を祀るための祭具に違いない。塚を守る〝厳穂の天狗〟たちが代々、作り替えては繋いできた。その魂でこの国を鎮めるために。

そしてあの武人埴輪は「護り人」だったにちがいない。

無量は立ち上がって、榛名山から吹き下ろしてくる風を感じようと、背伸びしてみた。

梅雨特有の湿った空気に、土の匂いを感じた。

そこには、この大地とともに生きてきた人々の想いがある。

つくづく発掘とは、ひたすら死者を想うことなのだ。死者が残したものを探すという行為なのだ。

だから、声が聞こえる。


夜の帳がおりてくる。

榛名山は今は眠りについている。

いつかまた、その魂が泣いて荒ぶる日が来るのかもしれないが――。

今は安らかに眠っている。

優しい子守歌に癒やされたかのように。

主要参考文献

『小栗上野介』市川光一・村上泰賢・小板橋良平　みやま文庫
『日本の開国と多摩　生糸・農兵・武州一揆』藤田覚　吉川弘文館
『戊辰内乱期の社会　佐幕と勤王のあいだ』宮間純一　思文閣出版
『寛永寺』寛永寺教化部 編　東叡山寛永寺
『増補版　上野三碑を読む』熊倉浩靖　雄山閣
『1783　天明泥流の記録』関俊明・小菅尉多・中島直樹・勢藤力　みやま文庫
『なるほど榛名学』栗原久　上毛新聞社
『古墳時代後期倭鏡考　―雄略朝から継体朝の鏡生産―』加藤一郎　六一書房

なお、作中の発掘方法や手順等につきましては実際の発掘調査と異なる場合がございます。また考証等内容に関する全ての文責は著者にございます。

執筆に際し、数々のご示唆をくださった皆様に心より感謝申し上げます。

本書は、文庫書き下ろしです。